男装の令嬢は極上の蜜に溺れて

怜悧な財閥御曹司に身分を買われました

ルネッタブックス

CONTENTS

Lunetta

1.

秋津《あきつ》沙保子《さほこ》は、目の前の建物を見上げて密《ひそ》かに溜息《ためいき》を零《こぼ》した。その建物は、東院《とういん》銀行――東院財閥経営の銀行だ。有り余る財力を見せつけるかのように、英国風の豪華さと剛健さを感じさせる造りだった。

警備の男達が見守る中、沙保子は銀行に入ろうとしたが、

「覚えてやがれっ」

吐き捨てるような声がして、反射的に振り向く。声の主はくたびれた服装の中年の男で、警備の男達に取り押さえられ、連行されていった。きっと融資を断られたのだろうと推測して、沙保子は幸先の悪さに唇を噛《か》んだ。

それでも気を取り直して行内に入った。受付の者に名乗ると、すぐに応接室に通される。その内装は、華やかさと品の良さが同居していた。分厚い絨毯《じゅうたん》が敷きつめられた床、唐草に梅模様の装飾が施された暖炉。少し低めのテーブルと椅子が置かれ、沙保子は立ち尽くす。

ここへ来たのは、父――秋津侯爵が経営する貿易会社の資金繰りの為《ため》だ。商才のない父は、

異国で客死した祖父・和将《かずまさ》が興した会社、秋津貿易を傾け続けている。その度に沙保子が奔走してきたが、そろそろ限界だった。

沙保子は、女学校では習ったことのない商売の為の知識を独学で具《そな》えた。夜遅くまで本を読み漁《あさ》り、計算を繰り返し、東洋を主な取引先とする会社の方針を見直したり、自分なりの方法で会社を立て直そうとした。だが、資金繰りはどうしようもなかった。

借金が膨らみ、取引先は次々と離れていった。倒産だけは避けたくて、銀行からの融資を受ける為に沙保子は必死に事業計画書を仕上げた。これが最後の望みだ。相手は、帝都で――いや、日本で一番羽振りがいいと噂《うわさ》の東院銀行。沙保子は事業計画書を握り締め、心臓が高鳴るのを感じた。

女学校を卒業後、沙保子は家名と家業を守る為だけに生きてきた。舞い込む縁談を断り続けてもう四年になる。二十二歳となった今では、既にまともな縁談の申し込みはなくなった。

とはいえ、秋津家は公家《くげ》華族でも上位の家柄である。旧公家の娘を妻にしたい商人や勲功《くんこう》華族からの申し込みはあるが、すべてが「結婚後は家に入ってほしい」というものなので、秋津家の為に働きたい沙保子には無理な話だった。

秋津家には和紘《かずひろ》という嫡男がいるものの、帝国大学を卒業した後「三十歳まではやりたいことをやる」と言って出奔《しゅっぽん》してしまった。兄は今年で二十六歳になるはずだが、以来、一切の音沙汰がない。

連絡も取れないのだから、実家の窮状を伝える術《すべ》はない。沙保子は、女学校卒業後は襯衣《シャツ》を着て洋袴《ズボン》を穿《は》き、男装して家業を手伝ってきた。髪を切ることだけは母に泣いて止められた為、後ろで一つに束ねている。体つきは細いがやや長身なこともあり、華奢《きゃしゃ》で中性的な青年に見えなくはないだろうと思っている。

女であるというだけで侮られる中、せめてもの抵抗として男装したが、それはそれで嘲《あざけ》られていた。が、沙保子は気にしていない。祖父が亡くなってからというもの、そんな些末《さまつ》なことを気にする余裕は秋津家にはない。

通された部屋の、天鵞絨《ビロード》張りの椅子をそっと引く。重い手応えに苦笑した沙保子は下座に座り、静かに瞑目《めいもく》した。

しばらく待つと、扉が軽く叩《たた》かれる。立ち上がって入室者を出迎えると、現れたのは二十代半ばほどの男性だった。怜悧《れいり》な気質をそのまま映した美貌に、沙保子は思わず息を呑《の》んだ。天姿国色、女であれば傾国傾城を謳《うた》われるだろう美しさだ。

「東院明臣《はるおみ》です」

「秋津沙保子と申します」

頭を下げ合い、明臣に勧められるままに椅子に腰を下ろした。

東院財閥。商売事の天才だった東院総一郎《そういちろう》が一代で築き、東洋の奇跡と謳われる巨額の資産を有する男爵家《だんしゃくけ》だ。いわゆる勲功《くんこう》華族で、旧華族の中には東院家を成り上がり者だと蔑む者も多い。だが、その蔑みの中に羨望があることを、沙保子は知っている。

その東院男爵の嫡子、明臣の姿は新聞で何度か見たことがあった。粗い印刷写真でも、美しい青年だと思っていたが、直接見た彼の美しさは、想像を超えている。気づかれないよう感嘆の息を隠し、沙保子は荷物の包みから事業計画書を取り出した。

「事業計画書はこちらです」

「先に一つ、確認しておきたいのですが」

明臣の声は涼やかだ。温度のないひんやりとした声なのに、どこか艶めいた響きがある。

「はい」

「私が、秋津和紘殿と同窓だと知っての来行ですか？」

思いもしなかった質問に、沙保子は面食らった。——少し遅れて、下世話なことを勘ぐられていることに気づき、唇を噛み締める。屈辱には耐えられるが、誤解は解いておかなくてはならない。

「いいえ。兄から、東院さまのお名前を伺ったことはありますが」

——帝大の同窓に、あの東院財閥の御曹司がいます。

夕餉《ゆうげ》の席でそう言った兄に、父と母は眉を顰《ひそ》めて「そのような成り上がりと親しくするものではない」と批判していたことを思い出す。兄は「同窓にいる、というだけですよ」と笑っていたから、友人知人の類《たぐい》ではないのだと、当時女学生だった沙保子は聞き流していた。

「ただ同窓であるというだけで、融資していただけるなどとは考えておりません」

融資を願う立場ではあるが、謂《いわ》れのない侮辱は受け入れない。そんな意志を持って真《ま》っ直《す》ぐに見つめ返した沙保子に、明臣は僅《わず》かに微笑《ほほえ》んだ。

「――失礼を。私と多少なりと繋《つな》がりがあるだけで、色々と要求されるものですから。では、今回のお話は和紘殿のことは関係なく、あくまで秋津貿易の事業上のことだと判じてよろしいですね」

「はい」

頷《うなず》いて、沙保子は手にしていた事業計画書をテーブル上に置いた。明臣のしなやかな指が、それを掬《すく》い取る。

「融資のご希望額は、五万円。なかなかの金額ですね」

「自宅は抵当に入っておりますので、こちらへの担保にできるものは鎌倉《かまくら》の別宅と土地になります。他は、祖父から私に遺贈された美術品が少し」

「拝見します。――土地は、五百坪ですか。秋津家となれば、あなたに遺されたものも大層由緒ある品だとは思いますが」

裏を返せば骨董品《こっとうひん》ということだ。それと鎌倉の別宅で五万円の融資希望というのは、やはり無理があったかと沙保子は後悔した。といっても、必要な金額だから仕方ない。

「……五万円、か」

明臣は形のいい顎《あご》に指を当て、思案した。沙保子はここで融資を受けられなければ、花街に身を堕《お》とす覚悟はできている。

「事業計画書では、父上を解任し、その報酬を返済に充てるとありますが」

「はい。私もそれほど商才はありませんが、父は私に輪をかけて世間知らずです。できれば、経営に詳しい方をお迎えしたいと思っています」

「それは、秋津貿易を乗っ取られる可能性があるとおわかりですか？」

明臣の口調は丁寧だが、内容は辛辣《しんらつ》だ。お嬢さま育ちの沙保子に経営がわかるのかという疑念は尤《もっと》もだろう。

「信頼できる方を探したいと思っております」

「見つかるまでは、どのように？」

「……私と、祖父の片腕を務めておりました屋代《やしろ》という者で切り盛りいたします」

そう答えた後、沙保子は両手で洋袴《ズボン》を握り締めた。分の悪い賭け、厳しい試験に挑んでいる気分だ。

「それだけでは心許ない。——私が納得できるだけの経営者を招聘《しょうへい》してください。その後でしたら、融資も前向きに検討しましょう」

事実上の融資拒否宣告だった。沙保子は、返された事業計画書を見つめる。

「その点を修正すれば、融資は検討していただけるのですね？」

沙保子が念を押すと、明臣は薄い笑みを口元に刷いた。できるのかと挑発しているような、楽しんでいるような微笑みが、つくりものめいた美貌によく似合う。

「検討はお約束します。融資についてもお急ぎなのでしょう。でしたら、二日後にまたこちらへいらしてください」

「……わかりました」

心当たりは誰もいない。しかも、日数の余裕もない。融資が無理ならそう断ってくれればいいのにと思いながら、断られては会社の倒産を待つしかないので、食ってかかることもできない。御曹司の気まぐれであれば非難もできるが、明臣の指摘は尤もなことだ。こちらの覚悟を試すような要求だが、拒めない。

結局、沙保子にできるのは、頷くことだけだった。

華奢な体を男装に包んだ秋津沙保子を見送って、明臣は一息ついた。秋津家からの融資希望額は個人なら大きいが、会社としてはそれほどのものではない。

渋ったのは、偏《ひとえ》に秋津家の返済能力が疑わしいからだ。和紘との友誼《ゆうぎ》を当てにしたわけではないなら、融通を利かせる理由もない。仮に伏して願われても無理だ。才もないのに経営に手を出し、散財する華族がまともに返済できるわけがない。だから少しばかり無理な要求をしたが、あの令嬢はどうするだろうか。

他愛《たわい》ないことを考えながら、自分の執務室に入って、秘書の黒部《くろべ》が持ってきた珈琲《コーヒー》を一口飲んだ。子どもの頃は苦いばかりに思えていた黒い液体が、今は思考をすっきりさせてくれる飲み物となった。

「明臣さま」

東院家での明臣の守役も兼ねている黒部が、控えめに声をかけてきた。名前で呼ぶということは、私的な内容なのだろう。椅子に座ったまま、視線で用件を問うた明臣に、黒部は申し訳なさそうに目の前のテーブルの上に書類を広げた。

「こちら、旦那さまと奥方さまからでございます」

「……何だ？」

「ご覧のとおり、見合いの釣書《つりがき》とお写真です」

こうして見合い話を持ち込まれるのは、何度目になるかわからない。鬱陶しいし、明臣は仕事中は公私混同を避けている。

「家で聞く。仕事に関係ない話はしたくない」

「そうはおっしゃいますが、ご帰宅なさると明臣さまは部屋に籠もってしまわれますから」

白々しく肩を落としてみせた黒部は、明臣の目の前で見合い写真を捲《めく》り始めた。

「こちらは糸井《いとい》財閥の令嬢。次は西木《にしき》男爵の令嬢、それから」

「全部父上母上が認めない相手だろう。自分達が認めない『嫁候補』の釣書を送ってきて、あの人達は何がしたいんだ」

呆《あき》れた明臣に、黒部は静かに答えた。

「押しつけられることが鬱陶しくなった明臣さまが、ご自分で奥さまを選ばれるのをお待ちかと」

正攻法では頷かない息子に、両親も焦《じ》れているのだろう。東院家の直系は明臣一人だ。二十六歳にもなって未婚どころか婚約者も決まっていないのは、あまり外聞がよくない。

「……後にしてくれ。家で見るから」

今は仕事に専念したい。言外にそう匂わせた明臣に、黒部はかしこまりましたと身を引いた。そのまま仕事をし、一日の執務を終えた明臣は、皇居近くの番町《ばんちょう》——没落した華族達から買い取った土地だ——にある、東院邸に帰宅した。

東院邸の豪華さは、帝都でも三本の指に入るだろう。スクラッチタイルで飾ったジャコビアン様式の大豪邸で、訪れた者を圧倒する奢侈《しゃし》な造りだ。内装も含めると五十万円でも足りない金を費やしただけあって、どの華族邸宅と比べても「豪華さ」では見劣りしない。父が切望しているのは、豪華さではなく歴史だが。

広い車寄せで自動車から降り、玄関ホールを抜けた。靴は脱がない家なので、明臣はそのまま二階の自室に向かった。両階段の踊り場で、母——静子《しずこ》と鉢合わせて呼び止められる。

「明臣さん」

静子は元芸妓だ。遊女ではなく芸事で身を立ててきた人だが、世間からすれば同じだろう。その来歴もあって、上流の夫人達からだけでなく、同等の爵位の家からも侮られている。それを覆すのは、東院家の財を目当てにする時だけだ。

「……ただいま戻りました」

「釣書はご覧になった？」

「どの令嬢も、父上や母上のお眼鏡《めがね》に適うとは思えませんとしか」

「それがおわかりならよろしいの。そろそろ、きちんとした方をお迎えになってね」

「……はい」

「お夕食には遅れないように」

静子は軽やかに言い置いて、颯爽《さっそう》とした足取りで一階の食堂の方に下りていった。両親の希望に適った令嬢など、そうはいない。

家柄のよい娘は女学校卒業と同時に結婚するか、婚約が整っている。といって、勲功華族の令嬢では両親は納得しないだろう。

しかし明臣も、家柄と気位ばかり高い妻を迎えるつもりはない。女は家に尽くすものとされているが、高位華族の令嬢を金で買い叩いたところで、品性卑《いや》しい男だと見下されるだけだ。家庭でまで、そんな気づまりな暮らしはしたくない。

広大な庭園を一望できるバルコニーのついた部屋に入り、三つ揃《ぞろ》いのスーツを脱いだ。ベストと襯衣《シャツ》だけになり、襟締《ネクタイ》を緩めるとほっと息をつくことができる。幼い頃から洋装に慣れてはいるが、一切の隙を見せない服装は心が疲れる。

呼び鈴を鳴らしたら、部屋の扉が軽く叩かれた。開けることなく、明臣は命じた。

「夕食は部屋で摂《と》る。父上達には、お断りを」

「かしこまりました」

こんな我儘《わがまま》もいつものことなので、専属女中の美哉《みや》も戸惑いなく受け入れる。次に母に会ったらお小言かもしれないが、今は休息を優先したい。

天蓋《てんがい》付《つ》きの寝台に体を投げ出し、ここ二年でうるさくなった両親からの催促――結婚について考える。適度に反発のある寝台は、やわらかな羽枕と共に明臣の長身を受け止めてくれる。

「婚約者のいない高位華族の令嬢、か」

そんなもの、初等科に入ったばかりの少女くらいだ。明臣は、二十歳も年下の妻を迎える趣味はない。

そう思った時、ふと、今日会った令嬢を思い出した。

秋津沙保子。同窓だった、秋津和紘の妹。年齢は――和紘の言葉を思い出してみる。確か、四つ年下の妹がいると言っていた。ならば、今は二十二歳になる。華族令嬢としては嫁《い》き遅れと言っていい年齢だから、多少の無理は聞き入れるだろう。

秋津家は、公家華族だ。摂関家《せっかんけ》と血縁があり、遠くは皇族が嫁いだこともある。爵位は侯爵、両親も納得する家柄を持つ。

加えて、秋津沙保子は容姿も整っていた。男装していても、女性であることは隠しきれていない。艶のある長い黒髪を一つに束ね、白磁の肌には薄化粧すらせずに素顔を晒《さら》していたが、美しかった。無機質な人形めいた美しさだったが、生き生きとして溌剌《はつらつ》なる華族令嬢など明臣は見たことはない。

学歴は、おそらく女子高等学校程度。そして仕事をしている。この点が問題になるかもしれないが、自らも料亭を営み、働く婦人である母なら気にしない可能性が高い。

「……少なくとも、父上達のお眼鏡には適いそうだな」

そして、秋津家は金銭的に逼迫《ひっぱく》している。そこを突けば、沙保子は手に入るかもしれない。五万円の融資を求めていたから、結納金を二十万円用意すればいい。

呼び鈴を鳴らして美哉を呼び、人前に出る支度を調《ととの》えた後、明臣は食堂に向かった。祖父が金に飽かせて造った屋敷は無駄に広い。しばらく歩いた先に、家族用の食堂ホールがある。重い木製の扉を軽く叩いて合図し、中に入った。

「失礼します。――父上」

「ん、明臣か。どうした、今から食事か？」

「いいえ。結婚のことですが」

今日も洋食を楽しんでいた父・孝臣《たかおみ》と静子が、顔を見合わせる。徐《おもむろ》に席に着いた明臣に、胡《う》乱《ろん》な視線を向けてきた。

「何だ、心に決めた女子《おなご》がおるとでも言うか」

「それに近いかと。結婚してもよいと思う相手がいますので、俺の個人資産を少し動かしてもよろしいですか」

明臣は、先代である祖父から直接譲り受けた資産と事業を持っている。自由に使っていいものだが、当主たる父の体面も大切だ。

「貧乏華族の姫さんを金で買う気か？」

「はい」

「気位の高い金食い虫は、母は嫌ですよ」

柳眉を寄せた静子に、明臣は頷いた。秋津家の財政がよくない以上、沙保子も贅沢《ぜいたく》はしていないはずだ。結婚したらその反動はあるかもしれないが、多少は見逃すつもりだった。

「二十万円もあればいいかと」

「そのくらいなら好きにすればいい」

孝臣は即答した。二十万円という金額は明臣の個人資産の一分ほどだが、東院家から見たら気にもならない額だ。

「それで、どちらのご令嬢をと考えておいでなの、明臣さん」

「秋津侯爵家の沙保子嬢を」

「秋津侯爵家か」

孝臣が目を瞠《みは》った。先々代までは農家だった東院家――この家名も買ったものだ――が、奈《な》良《ら》時代から続く名門中の名門の令嬢を嫁に迎えるとなれば、その驚愕《きょうがく》と歓喜も無理はない。

「確か……商売で苦労しておられたな、秋津侯爵は」

手にしていた小刀《ナイフ》と肉刺《フォーク》を置いて、孝臣は考え込むように腕を組んだ。食事は中断するらしい。

「はい。今日、融資のご相談に見えたのですが、少し隙のある事業計画書だったので一旦持ち帰っていただきました」

「そこで融資ではなく結納金か。それなら、宮内《くない》大臣も大蔵大臣も文句は言えまいな。よし、その結婚、わしが認める」

「ありがとうございます」

こうして、沙保子の意志も秋津家の意向も聞かないまま、東院家では明臣の結婚が決定された。


二日後、明臣は沙保子の訪れを待っていた。

少し楽しみなのは、男装してまで家を守ろうとする沙保子が、この申し出を受け入れるか気になるからだ。女であることを捨てて家に尽くしているのに、女として嫁ぐことでしか家を守れない。その選択を、あの令嬢は受け入れるだろうか。まあ、受け入れさせるのだが。

先日と同じ部屋で待っていると、案内されてきた沙保子が入室し——今日も簡素な襯衣《シャツ》と洋袴姿《ズボンすがた》だ——、既に室内にいた明臣を見て、少し驚いたように目を瞬《まばた》かせた。

「お座りください」

椅子を勧めると、失礼いたしますと頭を下げた。悲愴《ひそう》なほど思いつめた顔に、罪悪感が湧かなくはない。

「融資の件ですが」

明臣が条件の変更を伝えようとしたら、沙保子は顔を上げて真っ直ぐに見つめてきた。黒い瞳が強い意志を宿している。

「東院さまのご指示どおりの御方は、二日では見つかりませんでした。ですが、できるだけ早急に招聘いたしますので」

「その件でしたら、秋津嬢」

「必要となりましたら、私が花街に参ります。その金子を、当面の返済に充てます」

沙保子の言葉に、明臣は息を呑んだ。沙保子の顔を凝視してしまったが、青ざめた顔は揺るぎない決意に満ちていた。

「本気ですか？　秋津家の令嬢が？」

「本気です。私が守るべきは秋津の家と、祖父が遺した会社ですから。その為でしたら、両親に勘当してもらった後《のち》に花街に堕ちる覚悟など、とうに決めております」

沙保子の強い意志に圧《お》され、明臣は視線を逸《そ》らした。

さすがに、明臣も想定外だった。高位華族の令嬢が、花街に堕ちる覚悟をしているとは思わなかった。そんな覚悟を決めている秋津沙保子という女性に、初めて個人的な興味を持った。

「……そこまで覚悟がおありなら、別の提案をしましょうか」

ゆっくりと視線を戻し、明臣は沙保子を見つめた。

「私と結婚しませんか」

「……はい？」

「ご承諾いただけますか」

くすっと笑った明臣に、沙保子は慌てて否定した。

「お、お返事ではありません。聞き返しただけです」

「そうですか。でも、あなたは受けてくださると思うのですが」

「え……」

「結納金は二十万円。私の求婚をお受けくださったら、今すぐにでもご用意いたします」

放心した沙保子の、人形のような美貌が人間らしさを取り戻したように見える。明臣はそんなことを思いながら、滔々《とうとう》と続ける。

「融資には時間がかかる。ご希望の額には届かないこともあり得ます。ですが、私と結婚していただけるなら、この場に札束を積み上げましょう」

「な……ぜ、そのような」

「ご存じのとおり、東院家は成り上がりなので。父も母も、私には名家の令嬢を妻にしてほしいようです。できれば伯爵以上の家格の方を。ですが、そういった方々は金で買い叩かれてはくれません」

明臣は淡々と説明した。昨今の公家華族が持つものは、誇りのみといっていい。沙保子もそれには同意のようだ。

「私へのご提案は、まさにその所業ではありませんか？」

「そうです。だが、花街に行くほど覚悟を決めておいでのあなたなら、受けてくださるのではと思いました。それとも、成り上がりの家に嫁ぐのは、花街に行くより屈辱ですか？」

女衒《ぜげん》が用意する金の百倍でもご用意しますがと微笑んだ明臣に、沙保子は言葉に詰まっていた。

実際、沙保子が花街に行ったところで、秋津家に入るのは千円が限界だろう。それでは到底債務の返済には足りない。そのことは、沙保子もよくわかっているはずだ。

「……二十万円、私の為に捨ててくださるのですか」

「はい。五万円では、あなたの嫁ぐ支度金が足りませんからね。その為の結納金です」

さらりと言って、明臣は静かに笑みを浮かべた。こちらの真意がどうであれ、沙保子はこの手に縋《すが》るしかないことはわかっている。

「あなたは、私の両親が期待する『理想の嫁』の条件を満たしていらっしゃる。家柄と容姿、それに学歴。どれも申し分ない」

「私は……嫁いだ後も、秋津の家の為に働きたいのです」

「よろしいですよ。職業婦人、大いに結構です。私の母も働いていますしね」

明臣は鷹揚《おうよう》に頷いて、働く許可を与えた。断る理由がなくなるよう、少しずつ沙保子を追いつめていく。

沙保子は、そっと息を吐いた。長い睫毛《まつげ》が、伏せた瞳に匂やかな翳《かげ》を落とす。

「諾とおっしゃったなら、あなたが屋敷に戻られた時には、秋津貿易も秋津家も、借財とは無関係になっていると約束します」

明臣は、尊大なほどの自信を湛《たた》えてそう言った。誇張ではなく、事実だからだ。

「……お受け、いたします」

それに屈するようにテーブルの上に三つ指を突き、沙保子が承諾の言葉を口にした。

時は大正に移って間もない、蝉《せみ》の声が耳障りな夏だった。

＊　＊　＊

目白《めじろ》にある秋津侯爵家は、平屋の日本家屋だ。ロの字形に配置された屋敷の中庭の薔薇《そうび》の緋《あか》が、青い空に美しく映える。

それを眺めながら、沙保子は父・和之《かずゆき》の部屋を訪れた。真っ白な障子紙の引き戸の前の濡《ぬ》れ縁に膝をついて、室内に声をかける。

「お父上。沙保子です」

「入りなさい」

「失礼いたします」

すっと引き戸を開けると、室内には母の絢音《あやね》もいた。秋津家と同格の公家華族から嫁いできた母は誇り高く、そして金銭感覚がない。父も同じだ。雅《みや》びやかさより、質実剛健を絵に描いたようだった祖父こそが一族の中では異端だったのだろう。

「如何《いかが》であった」

「二十万円を、結納金としていただけることになりました」

「二十万!?」

結納金と言ったことは聞こえていないのかと、心の中で呆れる。いや、聞こえていても、二十万円という金額に耳を疑うのも無理はない。

「お待ちくださいませ、旦那さま。沙保子さん、結納金とは」

耳敏《ざと》く聞き咎《とが》めた母は、父よりは落ち着いている。問われた沙保子は、顔を伏せたまま答えた。

「東院家の明臣さまの妻として求められ、お受けいたしました。その結納金でございます」

「沙保子、おまえ、父の許しも得ず……！」

「それは申し訳もないことだとは思っております。ですが、代わりに」

沙保子は平伏していた顔を上げ、父を見据えた。強い視線に、父がたじろぐのがわかった。

「当家の借財も、会社の負債もすべてなくなりました。——つまり、結納金の受け取りは既に完了しております」

一呼吸置いて、沙保子は父に語りかけた。

「お父上のお許しを得る暇《いとま》がございませんでした。お許しくださいませ」

「……むう」

黙り込んだ父だが、屋敷を担保とした借財の返済期日は十日後に迫っていた。それがなくなったのだ。安堵《あんど》していることは間違いない。

「残りの十五万円から、沙保子の嫁ぐ支度を調え、余剰金は会社の資金に充てます」

「……十五万もあるのだろう。ならば、家の為に」

「いいえ。会社の資金です、お父上」

キッと見つめた沙保子に、父は不満げだ。だが、ここで「少しなら」と甘い顔をしたら、また借財に怯《おび》える日々に逆戻りすることになる。

「沙保子さん。お父さまに向かって失礼ですよ」

「非礼は承知しております。ですが、沙保子は秋津の家だけでなく、会社の為に嫁ぐのですから」

「それは……」

言葉に詰まった母に、沙保子は二の句を継がせまいと言葉を続けた。

「幸い、明臣さまは嫁いだ後も働くことを許してくださいました」

「そのような！　未婚の娘が働くだけでも恥ずかしいのに、嫁いだ後もなどと！」

働いたこともない母は、金子はどこかから湧いて出るとでも思っているのだろうか。嗤《わら》い出しそうになった顔を隠し、沙保子は深く頭を下げた。

「お家の為でございます、お母上。兄さまが戻られる日まで、秋津の家を守らねば」

「和紘さん……文一つ寄越さないとは、どちらにいらっしゃるのやら」

溜息をついた母の意識が兄の行方《ゆくえ》に移ったのを機に、沙保子は父に畳みかけた。

「結婚はお約束しただけです。まだ日程などは決まっておりません。そちらはお父上のご意向どおりにいたしますので」

「む……それならよい」

父は、自分に断りなく決められることが嫌なだけなのだ。先に提示しておけば、反対することはない。取引で、その気質を利用されたことは何度もある。

「お母上。嫁入り支度のことは沙保子にはわかりかねますので、お任せいたしてよろしゅうございますか」

「それは、ええ、母の務めですもの」

「絢音。金子はたっぷりある。秋津の名に恥じぬ支度をせよ」

「承知いたしました、旦那さま」

その金子は、沙保子が身売りして得たものだ。金子に名前があるわけでもないが、出所は気にならない性質《たち》の両親が羨ましい。

「お母上。お支払いは沙保子が確認いたしますから」

「沙保子さん」

「秋津の名を貶《おとし》めず、かといって華美に走らず。――おじいさまのお言葉です」

舅《しゅうと》の口癖を持ち出されては、母も反論できない。父も渋面ながら頷いた。

それを約束した沙保子は溜息を完璧に隠し、自分の部屋に下がった。


数日後、明臣からの使いが秋津家を訪れた。会社に向かっていた沙保子を見つけ、急いで駆け寄ってきた。

「秋津沙保子さまでしょうか」

「はい」

襯衣《シャツ》にベスト姿、長い髪を束ねている男装の女は見つけやすいだろう。使いの青年は、丁寧に頭を下げた。

「東院明臣さまから、こちらを言付かってまいりました」

手渡されたのは、手紙のようだった。郵便で出せばいいのにと思わなくはないが、日数がかかるので人を使ったのだろう。

「確かに受け取りました」

沙保子が手紙を受け取ると、青年はもう一度頭を下げて立ち去った。すぐに返事が必要なものではないらしい。会社で読むことにして、沙保子は秋津貿易に足を向けた。

東院銀行とは比べものにならない、簡素な社屋だ。その執務室に入り、沙保子は屋代と共に今後の事業計画を練り直した。戦《いくさ》の後、石炭などの需要はあるが、貿易を主とする秋津貿易はそちらには伝手《つて》が弱い。東院家からの結納金を元に、新しい業種と取引先を開拓し、仕事を得ねばならない。

「沙保子さまにはご苦労をおかけします」

「よいのです、屋代。私は、おじいさまのご遺言を守りたいだけ」

先日、東院家からの結納金で債務は返済した。まだ十五万円ほど残っているが、全額を会社の為に使うことはできない。本来、結納金は沙保子の嫁入り支度用だ——明臣は使途に口出ししないだろうけれど。

「私の嫁入り支度は、お母上にすべてお任せするつもりもありません。そんなことをすれば、秋津家はすぐに破産してしまう」

結納の品の一つとして、完済した旨を明記した借用書を届けられたのは屈辱でしかない。明確に「金で買った女」として扱われているからだ。が、それを悔しいと口にしないだけの分別はあるつもりだった。

「今、資金がある間に新しい取引先を見つけなくては。できれば、経営に強い御方にご指導いただきたいのですが」

沙保子も屋代も、和紘のように帝大で経済を学んだわけではない。そちらを得意とする人材を早く見つけたかった。

「私どもだけでは、手づまりかと。東院家からご紹介いただいては如何でしょうか」

「……そう、ですね。それも考えておきます」

屋代の言葉に頷いた沙保子は、簡素な椅子に座り直した。

「財務の――貸借の書類を修正しておきました。ご確認ください」

「はい。確認したら持っていきます。屋代も自分の持ち場に戻ってかまいません」

恭しく礼をして、屋代が退室した。同席していた彼の部下も部屋を出る――部屋に男と二人きりというのは、結婚前の娘として許されないという母により、沙保子は異性と二人きりになったことはない。

東院銀行での――明臣との面談の二回だけだ。逢瀬《おうせ》ではなく、融資の依頼と身売りの話だったが。

小さく息をついて、沙保子は明臣からの手紙を取り出した。何が書いてあるのかと身構えながら読むと、次の夜会で婚約者として披露したいので、衣装合わせに来てほしいとのことだった。

「…………」

自分の溜息が深くなった気がする。女学校を卒業して数年、着飾ったことなどない。今更、薹《とう》の立った女を飾り立てても無意味だろうに。

そう思った沙保子は、僅かに苦笑した。

(わたくしという、家柄だけのものに二十万円も払う方だもの)

意味も無意味も、明臣にとってはどうでもいいことなのかもしれない。ただ、秋津侯爵家の長女を妻にするという事実さえあればいいのだ。

返事を書くべく、沙保子は万年筆を手に取った。

筆とは違った硬さのペン先には未《いま》だ慣れないと思いながら、沙保子は指定された日時に訪れることを承諾する手紙を書いた。


明臣に指定された待ち合わせ場所は、昨今流行しているというカフェだった。和洋折衷の制服を着た若い女性が給仕し、富裕な男女が甘味や飲み物を楽しむと聞いている。

沙保子は、そういった店に入った経験がない。未婚の女がはしたない、という父の意向だ。が、今日は待ち合わせである。入らないわけにはいかない。

通りに面した大きな窓から中の様子を窺《うかが》い、そっと入り口の扉を押した。鈴の音がして、客の訪れを知った店員が席に案内してくれた。

メニュウを開いたが、書かれているものはよくわからない。辛《かろ》うじて聞いたことのある紅茶を注文し、ゆったりと座椅子――ソファに凭《もた》れた。

今日の沙保子は、女性らしく着物を着ている。明臣と私的に会うのに、男装は非礼が過ぎると思ったからだ。

少ない衣類の中から薄桜色の絽《ろ》の振袖を選び、銀の帯をふくら雀《すずめ》で仕上げた。久しぶりに女性らしい装いをしたが、少女のような愛らしい色合いに、沙保子は小さく溜息を零した。沙保子のお付きである佳恵《かえ》は気の利く娘だが、沙保子の男装はよく思っていないらしく、事ある毎にこういった「可愛《かわい》らしく美しいもの」を着せようとする。

（わたくしでは、年齢が合わないでしょうに）

嫁き遅れと言われて当然の年齢の沙保子に、年若な令嬢のような色合いは相応《ふさわ》しくない。だが、余所行《よそい》きの服はこれしかなかった。

今日も母に一人で出かけることを窘《たしな》められたが、いつも一人で会社に出かけているのだからと押し切って出てきた。結果、髪型も普段と同じになってしまったので、振袖には少し浮いているかもしれない。

「お待たせいたしました」

髪を綺麗《きれい》に結い、袴姿《はかますがた》の上にエプロンと呼ばれる真っ白な前掛けを着けた女給が、陶器のカップとポットを給仕する。小さな砂糖壺《さとうつぼ》を置き、一礼した彼女に会釈して、沙保子は紅茶を一口飲んだ。

　透きとおった薄茶色の飲み物は、沙保子の知る茶とは異なるのに、どこか似た味がする。製造法の違いだろうかと思った時、店内の鳩時計が十二時を告げる。

　その音が鳴り終わる前に店内に鈴の音が響き、新しい客が来たことを知らせる。つい顔を上げた沙保子は、待ち人が来たことを知った。

　日本人離れした長身を仕立てのいいスーツに包んだ東院明臣が、真っ直ぐにこちらにやって来る。メニュウも見ず、女給に「珈琲を」と注文し、沙保子の向かいに座った。

「お待たせして申し訳ありません」

「いえ。お約束の時間どおりです」

　明臣が指示したのは十二時だから、遅れてはいない。勝手のわからない沙保子が早めに動いただけのことだ。

「今日は、午後から梅殿屋《うめどのや》を貸切にしました」

「貸切……？」

　思わず鸚鵡《おうむ》返ししてしまった。梅殿屋は、帝都でも数少ない百貨店である。そこを貸切にしたと、明臣は何でもないことのように言った。

「わたくしの衣装合わせの為に、ですか？」

それだけの為に百貨店を半日貸切にしたのかと恨みがましく思った沙保子に、明臣は嫣然《えんぜん》と微笑んだ。

「言葉遣いが違うのですね」

指摘されて、沙保子は俯《うつむ》いた。男装している時の一人称は「私《わたし》」だが、本来の沙保子は嫋《たお》やかな口調になるよう育てられたのだ。だが、私的な言葉遣いになるなど馴《な》れ馴れしかっただろうかと反省し、詫《わ》びる。

「申し訳ございません」

「いいえ。今日の装いには、その方がお似合いでしょう」

明臣は聞き咎めたわけではなく、何の気ない言葉だったらしい。そのことに安堵し、沙保子はもう一度問いかけた。

「その、わたくしの買い物の為に貸切になさったのですか？」

「はい。沙保子さんと私が、次の夜会にどのような衣装で行くか——人に見られるのは面倒です。それに、梅殿屋は東院の系列ですから」

「あの、わたくしのことは沙保子と呼び捨てていただいた方が……」

「それは結婚してからにしましょう。今はまだ婚約者ですから、他家の令嬢を呼び捨てにするほど非礼ではないつもりです」

沙保子の言葉に、明臣は笑みを崩さない。——穏やかに微笑んでいるのに、どこか冷たい印象がある。

「私の衣装も、あなたに合わせて仕立てたいと思います。私の手持ちの服では、今日のようなご衣装だと合わせられません」

家紋が入った和服は着たくない、ということらしい。政府が威を見せつける為に建てた会館での夜会に、女はともかく殿方が和服ではよろしくないのだろう。ダンスという、男女が腕を組んで踊るものもあると聞く。

「費用はこちらで持ちます。あなたは、お好みをおっしゃってくだされぱいい」

「いただいた結納金がありますから――」

「あれは沙保子さんが嫁ぐ支度にお使いください。今日選ぶものは私の婚約者としての衣装ですから、私が払います」

明臣が言葉を切ると同時に、珈琲が運ばれてきた。白磁の中の真っ黒な液体は、沙保子には気味悪くも感じられたが、流れてくる香りは芳《かぐわ》しい。

その真っ黒な液体を、明臣は動じることなく口にした。こくりと喉を上下させた後、沙保子を見つめて首を傾《かし》げる。

「どうかされましたか」

「あ、いえ……」

じっと彼を凝視してしまったことに羞恥を覚え、沙保子は手元のカップを持ち上げた。先程より少し冷めた紅茶は、未だ馥郁《ふくいく》とした香りを放っている。

「……申し訳ございません。珈琲を見たのは初めてなのです」

「ああ、それで。この色味に驚かれたのですね」

小さく笑って、明臣はカップを受け皿の上に置いた。優雅な仕種は、音一つ立てない。

「色に驚かれると思いますが、味わってみるのもよいかと思いますよ」

そう言いながら、カップを少し傾けて中身を見せてくれる。漆黒だと思っていた珈琲は、透明感のある黒茶色をしていた。明臣がスプーンでくるりと一混ぜすると、白磁のカップの中で濃い琥珀色《こはくいろ》の波がさざめいた。

「……綺麗な色なのですね」

「黒一色に見えますが、角度によって色が変わります」

言いながら、明臣は再びカップに口をつける。沙保子も、紅茶で喉を潤した。

「このままだと苦いのですが、ミルクと砂糖を入れたら、沙保子さんも飲めると思いますよ」

「ミルクと、お砂糖を？」

「そう、たっぷりと。私の母は、珈琲くらい飲めると言うのですが、いつも砂糖を五つ入れています」

「……甘すぎませんか？」

「私も、あれは香りと色のついた砂糖水ではないかと思います」

沙保子の疑問に、明臣は苦笑しながら答えた。先程までの微笑みと違い、ぬくもりのある笑顔だった。沙保子の緊張を解そうと、気遣ってくれているのだろうか。

「何か軽く食べますか？」

そう問われ、沙保子は困惑した。朝食が特に遅かったわけではないが、空腹感はない。

「あまり食欲がありません」

素直に言った沙保子に、明臣は不思議そうな顔になる。昼時に空腹ではないのかという疑問を持ったのかもしれない。そんな表情も、美しかった。少しだけ聞きかじった知識――美の基準とされる黄金比そのもののような男性だと思う。

「衣装合わせも百貨店も、初めてですから」

「緊張なさっている？」

「……少し」

「なら、尚更《なおさら》何か召し上がるといい。甘いものはお好きですか？」

明臣の問いに、沙保子は応とも否とも答えられなかった。何かの好き嫌いを言うなど、許されたことはない。

「お嫌いですか？」

問いの形を変えて訊《き》かれ、沙保子は目を伏せた。はっきりしない女だと思われただろうが、自分でもわからないのだ。

「茶菓子は、召し上がりますか？」

「あ……はい」

やっと答えられる質問になった。沙保子がこくりと頷くと、明臣は真剣にメニュウを見つめ始めた。

「上生菓子のような甘味なら……」

シュウクリイムやプリンアラモードは洋風すぎるなと聞き慣れない単語を呟《つぶや》き、明臣は女給を呼んだ。

「クリイムあんみつを一つ。クリイムは少なめで。それと、焼きサンドイッチを」

「かしこまりました」

「飲み物は、同じものを頼む」

「すぐにお持ちいたします」

メニュウを卓上に置き、明臣は沙保子に微笑みかけてきた。冷ややかなつくりものめいた美貌が、不意にぬくもりを宿す。

「昼食というよりは、八つ時のようなものですが」

「あの、クリイムあんみつとは……？」

「餡《あん》と果物、それにアイスクリイムです」

「アイスクリイム」

一度だけ、祖父に連れられて行った昼餐会《ちゅうさんかい》で食べたことがある。冷たくて甘い菓子だった。懐かしさを口にした沙保子に、明臣はやわらかく問いかけた。

「駄目でしたか？」

「いえ。……いいえ。楽しみです」

祖父を思い出し、心からそう告げる。沙保子を見つめた明臣は一瞬だけ目を瞠って——口元に笑みを刷いた。

——この建物が、百貨店らしい。沙保子は目の前の「梅殿屋」を見上げた。

上半分に硝子《ガラス》を嵌《は》めた大きな扉の前には、店員らしき男女が立っている。明臣と沙保子を認めると、丁寧に礼をして扉を開けてくれた。

「お待ちしておりました、東院さま」

「頼んでいた品は？」

明臣が問いかけ、店内にいた支配人だという正装の男性が沙保子に挨拶し、恭しく頭を下げて答える。

「二階の婦人服売り場に揃えてございます。どうぞ、こちらに」

「ああ。——沙保子さん、手を」

ごく自然に、明臣は沙保子の手を取った。西洋では当然の行為らしいが、日本から出たこともなく、また夜会にも参加したことのない沙保子には羞恥が勝る。

　それでも腕を振り払うことはせず、明臣に先導されるまま箱のような乗り物に入り、二階に上がった。天井の高い空間が広がり、揃いの制服を着た男女が出迎えの為に並んでいた。

「何よりもドレスをとのことでしたので、力を入れさせていただきました」

　支配人が軽く合図をすると、女性店員達がマネキンに着せたドレスを並べ始めた。美しい色の正絹のドレスは体の線が出てしまう造りで、沙保子は目眩《めまい》を堪《こら》える。

「沙保子さん。気に入ったものはありますか？」

　どこまでも穏やかに、明臣が問うてくる。女性用の洋装など殆《ほとん》ど経験のない沙保子は、ドレスの着方すらわからない。

「明臣さまにお任せいたします」

　逃げを打った答えだが、明臣は笑うこともなく、並べられたドレスを見定めている。しばらくして、萌黄色《もえぎいろ》のドレスと緋色のドレスを選び、それを試着するようにと勧めてきた。

「このドレスは大人しい色なので、耳目を集めることはないでしょう。ただ、沙保子さんにはこちらが似合うと思います」

　萌黄色のドレスは無難であることを優先して選び、沙保子に似合うのは緋色の方だと言う。

　こんな鮮やかな赤は、振袖でも纏《まと》ったことはない。

「……人目を惹《ひ》きませんか？」

「惹きますね。ですが、その度合いで私の対応も変えますから大丈夫ですよ。とりあえず、袖を通してみてください」

諭《さと》すように言われてしまった。沙保子は店員に案内された試着室で、彼女達の手を借りてドレスに着替えた。着物なら複雑な帯を締める以外は自分で着られるが、こういったドレスは人手を借りることになる。

「細身でいらっしゃいますから、補整は必要ございませんね」

店員がそう言い、沙保子は姿見の中の自分を見た。リヨンというところで作られた布を使ったドレスは、萌黄色を基調にして緑と金の刺繍《ししゅう》が施された見事な出来だった。様々な糸で繊細な模様を刺繍し、煌《きら》びやかというしかない。

だが、沙保子が気になったのは造りだ。腕はおろか首や鎖骨まで出ていて、こんなにも肌を露わにするものかと驚いている。

髪型はそのままに、沙保子は試着室を出た。応接用の長椅子で、ゆったりと茶を楽しんでいたらしい明臣が振り返る。

「ああ、よくお似合いですね」

やわらかく微笑んで、明臣は沙保子を褒めた。気恥ずかしくなった沙保子が俯くと、明臣が立ち上がった気配がした。

「では、次はこちらを」

そう言って、付き添いの店員に緋色のドレスを預ける。心得た店員は、沙保子をまた試着室に連れ戻した。

「こちらは、東院さまが是非《ぜひ》にとご注文になりました。生地から糸、細工に至るまで欧州の一流の品で造らせたものですわ」

真紅から濃緋、移ろう様々な赤が美しいドレスに、金糸で花や唐草が刺繍されている。先程のドレスより体にぴったりとして、腰の辺りはふんわりと広がる造りだ。仕上げに、揃いの絹靴を履かされた。

沙保子が再び明臣の元に行くと、彼はちらりと一瞥《いちべつ》して頷いた。

「両方いただこう。それと、この装いに合う飾り物も」

「かしこまりました」

明臣の言葉を受け、店員達が次々と華やかな装飾品を持ってくる。それらを然程《さほど》興味なさげに見た後、明臣はすべてを買い上げた。大粒の天然真珠を連ねた首飾りを手に取って、背後に回る。

「あなたの肌こそ、真珠のようですね」

首飾りを留めながら、明臣がどこか感嘆したように囁《ささや》いた。その声に、知らず肌が震えた。

「髪飾りはどうしましょうか。私は勲章をいただいていないし、爵位も継いでいないので徽章《きしょう》もないのですが。沙保子さんは？」

皇后陛下をはじめとする皇族妃殿下方、それに華族夫人ともなればティアラを被《かぶ》ることもある。が、沙保子には――秋津家には無縁のものだ。

「わたくしには、そういったものは」

小さく首を振って否定すると、明臣は察したらしい。手を上げ、髪飾りを持ってこさせた。

「こちらを、髪に挿《さ》しても？」

美しい薄紅色の宝石で、桜を象《かたど》った髪飾りだった。大小の桜と真珠が並び、華やかな中にも品がある。

「誰か、沙保子さんの髪を結ってくれないか」

「はい」

すぐに名乗り出た女性店員が、手際よく櫛《くし》を使い、沙保子の長い髪を夜会風の髪型とやらに仕上げてくれた。そこに、明臣が先程の髪飾りをそっと挿した。

「よくお似合いです」

機嫌よく笑う明臣に、沙保子はどこか居たたまれない。首や鎖骨、腕まで晒しているのだ。恥ずかしくて仕方ない。

そんな沙保子の羞恥に気づいたのか、明臣は笑みを苦笑に変えた。

「そんなに恥ずかしがられると、困りますね。その衣装で、私と踊っていただく必要がありますから」

「踊る……」

「はい。日本舞踊ではなく、ダンスを」

誤解の余地もなく言って、明臣は沙保子の手を取った。オペラグローブという長い手袋を嵌めているが、彼が沙保子に触れたのはこれが初めてだ。

「ダンスの経験はありますか？」

「形だけなら」

――まだ兄が家にいた頃の話だ。社交界ではダンスが必須だとかで、和紘は沙保子を相手に練習していた。畳の上で、兄妹二人、慣れないステップを踏んだことを覚えている。

「では、この後、私と練習しましょうか」

「明臣さまと？」

「結婚前の令嬢と二人きりになるつもりはありません。ダンスの講師と付き合いがありますから、彼女の屋敷で」

絵に描いたような完璧な微笑みを湛え、明臣は逆らい難い口調でそう言った。沙保子は、頷くことしかできなかった。

結局、梅殿屋ではダンスの練習着まで購入した。明臣専用だという自動車に乗り、振袖に着替えた沙保子は練習着を膝に置いて彼の隣に座っている。

「講師はウジェーヌ・デジレ・アンダーソン女史です。華宮《はなのみや》女学校で、西洋のマナーとフランス語と西洋史を教えています。私達にダンスや西洋紳士の嗜《たしな》みを教えるのは、その余暇だそうです」

「華宮女学校ですか」

「沙保子さんの母校ですね。面識はおありですか？」

明臣の問いに、沙保子は首を横に振った。女学校に通っていた頃は祖父は健在で、沙保子はただ幸せだった。家のことも会社のことも、何も知らず、心配もしていなかった日々を思い出す。

「いいえ。わたくしが華宮の生徒であったのは、もう何年も前のことです」

「そうですか。今日から、デジレ女史の屋敷でダンスの練習をなさってください」

優しい笑みに穏やかで丁寧な口調だが、拒絶を許さない響きがあった。

沙保子は溜息を隠して頷き、車窓を流れていく景色に目を向けた。

2.

それからの沙保子の生活は、なかなかに忙しかった。

午前中は秋津貿易で仕事をし、午後三時からはウジェーヌ・デジレ・アンダーソンの――正確にはその夫である英国人貿易商、アンダーソン氏の邸宅に通ってダンスと西洋式のマナーを習っている。費用について訊いてみたが、明臣が手配しているらしく、何も心配するなとだけ言われた。

今日もダンスの練習とマナーについて習うはずだったが、出かけようとしたところに、アンダーソン女史の都合がつかなくなったと断りの連絡が入った。

仕事は一区切りついていることもあり、沙保子は今日は帰宅することにした。最近、予定を詰めすぎて疲れが残っていた。

目白の屋敷に戻ると、佳恵が出迎えてくれる。

「沙保子さま。惣川《そうかわ》の美緒《みお》さまがいらしておいでです」

「美緒が？」

沙保子は佳恵に鞄を渡して履き物を脱ぎながら問いかけた。惣川美緒は父の妹の娘で、従妹《いとこ》にあたる。幼少期から沙保子を慕ってくれているのだが、やや行き過ぎなところがあった。

「紫陽花《あじさい》の間にお通ししております」

「わかりました。何か飲み物をお願いします」

女中に対しても丁寧な口調を崩さない沙保子を、令嬢らしくないと言う者もいる。彼らは、居丈高に振る舞うことが華族の誇りだというのだろうか。

父と母はそういった嫌いがあるが、明臣は沙保子の前では丁寧な口調と態度を崩さない。その点は好ましいと思う。

沙保子は自室に寄らず、そのまま紫陽花の間に向かった。もう夕方になる。惣川伯爵の長女であり、学生でもある美緒をいつまでも滞在させるわけにはいかない。

紫陽花の間は、二十畳ほどの和室だ。祖父がいくらか手を入れてはいるが、秋津家は基本的に和風建築の屋敷だった。

内廊下を進んで、紫陽花の間に入る襖《ふすま》の前に立ち、中にいる美緒に声をかけた。

「美緒。私です。入りますよ」

「はい、お姉さま」

まだ幼さの残る声が応え、沙保子は水墨画の描かれた襖を引いた。先日の結納金で張り替えたばかりの畳の青さが、室内を明るく見せている。

「お帰りなさいませ、お姉さま。先触れもなしにお邪魔して申し訳ございません。どうぞお許しになって」

すらすらと、立て板に水の勢いで告げる美緒に苦笑し、沙保子は座卓を挟んだ向かいに座った。美緒は学校帰りに寄ったらしく、華宮女学校の制服姿だ。

「惣川のお家には、こちらに寄るお許しをいただいているのですか」

「はい。……お姉さまは、どうして美緒がここに来たかおわかりですか」

「私に何か話があるのかと思っています」

「そうです、お話があるのです、お姉さま」

美緒が、得たりと身を乗り出すように頷いた。沙保子は疲労を隠して室内を一瞥した。庭に面した濡れ縁の障子からは、灼《や》けるような陽の光が射し込んでいる。

その時、襖越しに人の気配がした。

「佳恵ですか？」

「はい。お茶をお持ちいたしました」

「ありがとう」

沙保子の声を聞き、入ってきた佳恵が二人分の茶器を用意する。香りのよい緑茶だが、夏の盛りには少し暑いかもしれない。それを察してか、涼しげな水羊羹《みずようかん》が茶請けだった。

「話、とは？」

佳恵が下がった後、水を向けてやると美緒は居住まいを正した。

「お姉さまが結婚なさると母から聞きました。まことでございますか」

「事実です」

沙保子の答えに、美緒は頬を紅潮させる。

「相手は東院家の息子だとも聞きました」

「東院明臣さまで間違いありません」

「……お姉さま！」

キッ、と美緒が沙保子を見据えた。大きな瞳には、苛立《いらだ》ちと怒り以外の感情も宿っている。が、沙保子はそれが「嫉妬」だとは知らない。

「秋津侯爵家のお姉さまが、何故《なにゆえ》東院ごときに嫁がねばならぬのですか！　成り上がりの、たかが男爵家に！」

勲功華族は、自分達と同じ「華族」ではないと思っている美緒は、生粋《きっすい》の公家華族令嬢だ。その異常なほどの誇り高さに、沙保子は溜息をついた。――父も母も、美緒と同じだ。違うのは、両親は秋津家には金が必要だと理解していること。世間知らずの美緒は、ある意味、少女らしい潔癖さで成り上がりの東院家を嫌っている。

「美緒。明臣さまは私の婚約者です。無礼な物言いは許しません」

「お姉さま……」

愕然とする美緒には酷な言い方になるが、沙保子も、明臣を貶められて黙っているわけにはいかない。経緯はどうあれ、近々嫁ぐ相手だ。

「何故でございますか、お姉さま。東院など、三代前は平民なのですよ。今とて、官位もない地下人《じげにん》ではありませんか」

美緒の選民思想は強い。沙保子を慕うのも、秋津家が惣川家より格上の歴史を持つ家柄だからだろう。

「平民上がりの成り上がり者に、秋津家の直系であるお姉さまが嫁ぐなんて」

沙保子は黙って茶を飲んだ。――今の時代、家柄だけでは生きていけない。まして事業の維持などできない。美緒にそう言えば、どんな顔をするだろうか。

「望まれて嫁ぐことが女の幸せでしょう」

「お姉さまは、和紘さまが戻られるまでは家を守る、結婚などなさらないとおっしゃっていたではありませんか」

一般論で返した沙保子に、美緒は過去の発言を持ち出して食い下がった。確か、惣川の叔母が持ってきた縁談を断る時、そう言った記憶がある。

それでも、沙保子は「金で買われた」とは言いたくなかった。誇りだけでは生きていけないが、自尊心――羞恥心はあった。東院明臣に嫁ぐことではなく、彼との結婚の経緯が恥ずかしい。

「私の結婚について、父ならともかく、惣川の叔母さまが反対なさることではありません」

論点をずらして答えると、美緒は悔しそうに唇を噛んだ。

「美緒。傷になります。噛むのはやめなさい」

「美緒のお願いを聞いてくださらないお姉さまのお言葉は、美緒も聞きません」

「……美緒」

沙保子は深く息を吐いた。この我儘で頑《かたく》なな従妹を、何故か嫌いにはなれないのだ。幼い頃からお姉さまお姉さまと付き纏われた為か、妙な愛情を感じてすらいる。

「絶対に嫌です。お姉さまが、東院などに嫁ぐのは」

「もう調《ととの》った婚約です」

「宮内大臣の許しはまだなのでしょう？　取りやめればいいのだわ」

「そういうわけには参りません。結婚とは、個人ではなく家と家の契約ですよ」

沙保子が拒むと、美緒は拗《す》ねたように唇を尖《とが》らせた。惣川伯爵夫妻は、この従妹を我儘いっぱいに育てている。

「どうして美緒のお願いを聞いてくださらないの」

どうして聞き入れる必要があるのかと返せれば、話は簡単なのだが。

ただでさえ、東院家との縁組を知った親類達はいい顔をしていない。この上、惣川家とも険悪になるわけにはいかないので、沙保子は曖昧に微笑んだ。

「お姉さまは、今のままでよろしいのに。美緒は、今のお姉さまが大好きですのに」

沙保子の心情を思いやるようでいて、美緒の言葉は自己中心的だ。気に入りの玩具《おもちゃ》が形を変えることを嫌う子どものように。

「いつまでも、変わらぬままではいられませんよ」

諭した沙保子を、美緒は不服そうに見つめてくる。

「お好きなのですか、東院明臣を」

「……好き」

美緒の問いかけに目を瞬かせた後、沙保子は小さく吹き出した。予想外のことを言われて、堪えきれなかった。

「おかしなことを言いますね、美緒。私達は、好きや嫌いといった一時の感情で結婚はしないでしょう？」

「だって……わたくしの友人達は、東院明臣を今光源氏《いまひかるげんじ》などと呼んでいるのですもの。お姉さまは、あの男をお好きなわけではないの？」

「感謝はしていますよ。私のような嫁き遅れ、しかも仕事を持つ女でもよいと仰《おお》せなのですから」

そんな不都合を打ち消すほど、明臣にとっては「秋津家の娘」は手に入れておきたい存在なのだろう。そしてそれを知って尚、沙保子は明臣の申し出を拒めない。

「わかりません」

美緒はぷう、と頬を膨らませた。十代の少女だけに許される幼い仕種に、沙保子は僅かに苦笑する。

「美緒は認めません。東院などと結婚せねばならぬほどお困りなの？」

簡単には頷けない問いに、沙保子は視線を逸らした。家の経済事情など、いくら従妹でも立ち入っていいものではない。そういったことを弁《わきま》えない美緒の幼さは、時に毒になる。

「秋津家がお困りなら、お父さまに申し上げるわ。お助けして、と」

それこそ、父が烈火の如く怒るだろう。妹の嫁ぎ先から支援されるなど、和之には屈辱でしかない。

「……美緒。いい加減になさい」

「だって嫌なのですもの、お姉さまが結婚なんて！　しかもあんな成り上がり！」

美緒が癇癪《かんしゃく》を起こした。こうなると、自分が納得するまでは落ち着かない。

「お金なのですか？　そんなものの為に、秋津家の誇りを売ってしまわれたの？　そんなお姉さまはお姉さまではないわ」

わたくし自身は何ら変わりないのだけれど、と沙保子は心の中で嘆息した。

美緒は「理想のお姉さま像」を持っていて、それを沙保子に押しつけている。今までは然程《さほど》害がなかったから気にしていなかったが、こうも駄々をこねられると辟易《へきえき》する。

そもそも、金子がなければ会社の維持はおろか、生きることすらできない。それを汚いもののように言う美緒に、仕事を得て働いている沙保子は呆れてしまう。同時に、何も知らなかった幼く無知な自分の姿を透かし見たような、何とも言えない居たたまれなさがある。

「もう結納は交わしたのです。次の夜会で婚約の披露目を済ませたら、すぐに婚姻を結ぶことになっています」

沙保子の言葉に、美緒は胸に手を当てた。思いつめた表情で、沙保子を見据える。

「お金など、そんな卑しいものの為に嫁がれるなんて。結婚なんて。美緒は認めません」

別に美緒に認めてもらう必要はないのだが、そう指摘することも大人げなく感じられて、沙保子は強く叱《しか》ることができない。

「そうは言いますが。『そんなもの』のおかげで、私達は生きているのですよ」

「美緒は、誇りを失うくらいなら……成り上がりに嫁ぐくらいなら、死にます！」

簡単に死を選ぶと言える立場は、沙保子には羨ましい。沙保子が、融資が成されなければ花街に堕ちる覚悟すら決めたのは、死ぬこともできないからだ。秋津貿易で働く者、秋津家に仕える者。彼らの生活まで失わせるわけにはいかない。

「お姉さまも、そうでしょう？」

違う。抱えているものの重さが、沙保子と美緒ではまったく違う。けれど、美緒には理解できないだろう。自分が納得できるものしか、受け入れる気もないのだから。

「卑しい男に奪われるくらいなら、美緒は、お姉さまと」

顔を伏せ、沙保子の視線を避けた美緒は、心中するとでも言いそうだ。沙保子はぞくりと戦《せん》慄《りつ》した。幼い潔癖さは、狂気にも繋がる。

「私は、この結婚が不幸だとは思っていませんよ」

そう窘めたが、美緒は聞いていない。俯いた顔は、蒼白だった。

「あんな……あんな男に」

「美緒は、明臣さまを知っているのですか」

「知りません。知りたくもないわ、お姉さまを奪う男なんて！」

沙保子は美緒のものではないが、刺激することは避けておく。美緒は未だ激したままで、いつ爆発するかわからない。

「身分ではなく、名でもなく。その人自身、人としての本質を見なさい。――亡きおじいさまは、そうおっしゃっていたでしょう」

亡くなった祖父の遺訓を告げると、美緒は不満を湛えた目を向けてきた。

十代の頃の沙保子も、こんなふうに潔癖で頑固で――世間知らずだった。美緒の向こうに数年前の自分を見た気がして、沙保子は苦笑を禁じ得ない。

「そんなの、綺麗事だわ。美緒は嫌です。お姉さまがあの男に嫁ぐなんて絶対嫌」

「おじいさまのお言葉を貶めることは、許しませんよ」

「……どうして、美緒の大切なお姉さまのままでいてくださらないの！」

どうしてもこうしてもない、沙保子は意志のある人間だ。美緒のお人形ではない。——明臣に二十万円で買われた以上、彼の言葉には従う。東院夫妻の意向にも従う。だが、他の人間の意のままになるつもりはない。

売ったのは、秋津沙保子という名と体であって、心までは渡していない。

そんな沙保子の気持ちを推し量ることはせず、美緒は同じ言葉を繰り返す。

「美緒はただ、綺麗なお姉さまが好きなだけなのに」

だから綺麗な人形でいてほしい。そう言ってしまえる美緒は、沙保子の意志を無視していることには気づかない。

「嫁いだら、穢《けが》れるとでも言いたげですね」

「お姉さまはお綺麗だけれど、東院は違うもの」

明臣の容姿は、沙保子が見たことがないくらい美しかったが。美緒の言う「違う」は、そういうことではないのだろう。この絶対的な選民思想は、沙保子には理解できない。だから、美緒も沙保子を理解することはできないのだと思う。

「なら、私を嫌えばいいでしょう」

「ひどい。美緒がお姉さまを嫌うなんて、できないことはおわかりのくせに」

ならばどうしろと言うのか。何度目になるかわからない溜息をつきたくなった沙保子に、美緒は身を乗り出した。

「お約束して。お心は、お許しにならないと。お心だけは、美緒の大切なお姉さまのままでいらして」

「……ええ」

何を以《もっ》て「お姉さまのまま」になるのかはわからないが、そろそろ疲労を隠しきれなくなってきた沙保子は、美緒の気が済むように、小指を絡めて指切りをした。

涙ぐみながら何度も指切りを繰り返した後、美緒は名残惜しそうに秋津家を後にした。

惣川家の人力車に乗って帰る美緒を見送り、沙保子は玄関をくぐり抜け、履き物を脱いだ。

そして、控えている女中達に向けて声をかける。

「佳恵」

「はい、沙保子さま」

呼ばれた佳恵が、一歩前に出る。きちんと結った髪から、鬢付《びんつ》け油の匂いがした。

「……夕餉は部屋で摂ります。食欲がないから簡単なものでお願いできますか」

「かしこまりました」

美緒のことは嫌いでないのだが、今日は疲労感が強い。この上、両親から「東院家との縁組は不本意だ」という愚痴を聞かされるのは避けたかった。

屋敷の西側に位置する自分の部屋に入り、沙保子は単衣《ひとえ》を取り出した。食事の後に湯を使ったら、今日はもう眠りたい。

——それにしても。

(好きだから嫁ぐのか、なんて)

特権階級意識が服を着ているような美緒でも、結婚には夢を見るのかと不思議に思った。また、明臣が光源氏に準《なぞら》えられていることも微笑ましい。

光源氏が愛し育てた若紫《わかむらさき》にはなれない。不貞を犯した女三宮《おんなさんのみや》にはなりたくない。ならば、心の通わぬ妻だった葵《あおい》の上《うえ》を目指すべきか。

他愛ないことを考えながら、沙保子は男装を解いた。最初は娘が男装することを不快がっていた両親も、数年が経過した今では日常のこととして受け入れている。

「……明臣さまとの婚姻も、そう受け入れてくだされればよいのだけど」

誰に聞かせるでもなく独りごちて、沙保子は小さく頭を振る。長く艶やかな黒髪が、さらりと風に揺れた。

夜会の日が近づいてきた。華やかな場に出たことがない沙保子は、日を追う毎に気が重くなっていた。

ダンスはアンダーソン女史から合格点をもらえるまでになったが、西洋式のマナーには未だ慣れない。夫でもない男性と踊るなど、想像だけでぞっとする。そんな沙保子の気持ちを知ってか知らずか、講習の時は女史の弟子である女性達——西洋人だからか、皆沙保子より背が高い——が、相手を務めてくれていた。

「沙保子さまのお支度は、東院家で行うとのことです。こちらでは、洋装に慣れた者がおりませんので……」

夜会の当日、申し訳なさそうに言いながら、佳恵が沙保子の髪を梳《す》いた。簡素な洋装ならともかく、正式な夜会に行くような支度は、秋津家には無縁だからそれも仕方ない。

「わかりました」

今日は昼まで仕事をして、それから東院家に行くことになっている。届けられた手紙には、午後四時に秋津貿易前に自動車を手配すると添えられていた。

そういった心配りはする明臣だが、沙保子が夜会を嫌うことは悟っているだろうに、そこは配慮してくれない。そう思ったところで、沙保子は自分に言い聞かせた。

(明臣さまはわたくしの夫になる方。夫が妻に配慮するなどあり得ない)

父も、母に配慮はしない。母の実家には気遣いをしても、母個人は父の所有物のようなものだ。無論、娘である沙保子も同じ扱いである。

最近、癖になった気がする深い溜息を零し、沙保子は身支度を終えて秋津貿易に向かった。

——いつものように仕事をして昼食を済ませたら、あっという間に約束の時間になった。屋代に後を託し、沙保子は少し早く迎えに来た自動車に乗り込む。

重い音を響かせながら走る車の中で、沙保子は今夜のことを考えた。一度も社交の場に出ていない没落華族の娘が、飛ぶ鳥を落とす勢いの東院家の未来の嫁として現れる——どう考えても、格好の注目の的だ。

それを押してでも、両家の結びつきを告知しなければならないのだろうか。沙保子に、噂好きのご婦人方のあしらいが上手《うま》くできるとも思えないのに。

視線を落とすと、きゅっと握り締めた両手が微《かす》かに震えている。怯えている自分に苛立ち、沙保子は努めて前を向いた。

明臣との結婚は、自分が決めたことだ。打算的な契約ではあるが、それでも沙保子の意志で受け入れた。ならば、最後まで貫き通すのが誇りというものだろう。

自分に喝《かつ》を入れるつもりで真っ直ぐに背を伸ばした時、東院家に到着した。様々な樹木が植えられた敷地内を走った先の車寄せに、明臣の姿が見える。

自動車の扉を開け、沙保子の腕を取って体勢を支えてくれる。男装している沙保子を、まるで淑女のように扱うのは、目の前の現実を見ていないのだろうかと不思議に思う。

「お疲れではありませんか、沙保子さん」

「大丈夫です」

ゆっくりと段差を降り、煉瓦《れんが》を敷きつめた玄関に立った。東院銀行や梅殿屋よりも遥《はる》かに広大な邸宅は、新聞で見た時とは比較にならない威圧感がある。圧倒されそうな迫力に、息を呑んだ。

「今日は両親も不在です。沙保子さんは客間で支度を調えてください。私は、呼ばれるまでは控えていますから」

二人きりにはならないと暗喩《あんゆ》して、明臣は沙保子の手を離した。扉係が開け放った玄関の奥に、使用人達がずらりと並んでいる。

「琴《こと》、菊音《きくね》。沙保子さんを客間にご案内して、支度を」

「かしこまりました。沙保子さま、本日お身回りのお世話をいたします、東院家侍女頭の琴にございます。こちらは同じく侍女の菊音と申します。どうぞ、何なりとお申し付けくださいませ」

琴と名乗った五十路《いそじ》ほどの女性が頭を下げて挨拶する。上品な和装は、穏やかで落ち着いた雰囲気を醸し出している。女中より侍女の方が格上なのは、衣装から見て取れた。

案内された先の客間は洋室で、内装はそれほど絢爛《けんらん》なものではなかった。ただ、品よく端整な雰囲気の部屋だ。美しい緋色のドレスがまるで飾りのように吊《つ》り下げられていて、琴が沙保子に脱衣を促した。

「どうぞ、お召し替えを」

「……はい」

梅殿屋で店員達に着せられた時と同じようにドレスを纏い、化粧を施し、装飾品を身につける。首飾りを留めた琴が、鏡に映った沙保子を見て満足そうに頷いた。

「お綺麗ですこと」

「こんなに肌を出すものなのですか……？」

「はい。ローブデコルテと申しまして、当家の奥方さまも、正式な場ではお召しになります。こういった造りが西洋では当然だそうでございますから」

「今日は政府主催の夜会ですから、それに合わせた格式になっております」

琴と菊音に言い聞かせられたが、沙保子はあまり気が進まない。鏡の中にいる、豪華なドレスを着て化粧をした女が自分だとは、どうしても実感がなかった。

「それでは、菊音。沙保子さまのお支度が調ったと、若さまにお伝えしてちょうだい」

「はい」

沙保子に礼をして、菊音が部屋を出ていく。そういえば、明臣は沙保子の服に合わせた衣装を用意すると言っていた。

「明臣さまは、どのようなご衣装なのですか？」

琴に問いかけると、沙保子の髪を微調整しながら答えてくれた。

「燕尾服《えんびふく》というものをお召しになります。若さまはご当主ではいらっしゃいませんから、襟章《えりしょう》などはありませんが」

確か、襟や袖には爵位を表す章をつける。父は侯爵なので、緋色のものを着けていた。

そのことを思い出した沙保子は、ああ、と得心した。明臣が沙保子に萌黄ではなく緋色のドレスを勧めたのは、東院男爵家の嫁ではなく、秋津侯爵家の娘だと主張したいからかもしれない。

「黒の燕尾服に、白い襟締《ネクタイ》を締めます。靴も定められておりますので、殿方は殿方で、お支度は大変なようですわ」

「そうなのですね」

父はあまり夜会に出ないし、支度は母が手伝っていたから沙保子は意識したことはない。だが、琴から燕尾服の説明を聞いてみると、見たことがある気はする。

明臣は沙保子のドレスに合わせたものを用意すると言っていたが、細かな規則がありそうな夜会では、そうも言えないのではあるまいか。

そんなことを思っていたら、扉が軽く叩かれた。琴が誰何《すいか》すると、菊音が明臣を呼んできたらしい。

「若さま。お支度が調ったとは申し上げましたが、いらっしゃってよいとはお伝えしておりませんよ」

「そう言うな、琴」

叱責されて苦笑した明臣が、室内に入ってくる。出迎える為に振り向いたら、視線が重なった。

「……」

「……」

息を呑む美しさというのは、男性にも当てはまる。黒い燕尾服を着た明臣は、この世のものならざる美しさだった。沙保子が密かに感嘆した時、明臣が深く息を吐いた。

「驚いた。化粧をすると、随分印象が変わるのですね」

「申し訳ございません」

反射的に謝った沙保子に、明臣は少し慌てたように首を振った。

「すみません、言葉が悪かった。沙保子さんは楚々《そそ》とした雰囲気だったから、化粧一つでこうもあでやかになるのかと」

「若さま」

コホンと咳払《せきばら》いした琴に、明臣は困ったように首を傾げた。

「白百合《しらゆり》だと思っていた方が、牡丹《ぼたん》になったら琴だって戸惑うだろう」

「それが女性の装いでございますから」

気安く明臣を叱責する琴を見て、沙保子は零れる笑みを堪えられなかった。はしたないと思いつつも、つい笑ってしまう。

「ほら。琴が俺を子どものように扱うから、沙保子さんに笑われた」

「はい、そのお言葉遣いもよろしくありません。私、とおっしゃいませ」

「……だから、子ども扱いするなと言うのに」

初めて見る明臣の稚気は、沙保子には微笑ましく映った。が、明臣自身は不満らしい。沙保子の手を取って、部屋から出ようとする。

「出かける」

「まあ、まあ。図星を突かれてのお振る舞いこそ子どものようでいらっしゃること。沙保子さま、若さまはそういう御方ですから、大変ではございましょうが」

「できるだけ努めます」

琴の揶揄《やゆ》に沙保子が笑うと、明臣はわざとらしく肩を竦《すく》め——沙保子を連れて、夜会に向かう自動車に乗り込んだ。


初めて訪れる夜会の会場は、途方もない数の光が煌めいていた。昼間と変わらないほどの明るさの中、沙保子は明臣に連れられて沢山の人と挨拶し、微笑んだ。挨拶が一区切りついたらダンスを踊る。

「随分上達なさいましたね」

「そうでしょうか」

明臣のリードは、どこまでも優雅で、同時に踊りやすい。沙保子がそう言うと、明臣は基本を押さえていればいいだけだと笑った。

「この後、相模《さがみ》大臣にご挨拶しますが」

「はい」

次期首相候補とも呼ばれる、内大臣の名だ。あまりの大物に、沙保子はぴくりと震えた。

「あまり難しい方ではないので、緊張なさることはない。ただ、気位の高い方を嫌う傾向にありますから、そこだけ注意なさってください」

「相模侯爵家のご当主ですね？」

大名華族の相模家は名門だが、沙保子の父は武家華族も「成り上がり」と嫌っている。父の中では、公家華族だけが真に帝《みかど》にお仕えしてきた華族なのだ。

「今、私が手がけている製鉄所のことでお世話になっています。ご機嫌は損ねないでいただきたい」

「はい」

楽曲が終わり、明臣と沙保子は歓談場の方に移動した。そこに、相模大臣がいた。

「おお、東院の。今日は麗しい花を手にしているね」

「内大臣閣下」

カイゼル髭《ひげ》の相模大臣が、機嫌よく明臣の声に応じた。沙保子は一歩下がった場所で、西洋式の礼――カーツィーを取った。

「はい。先日婚約しました。式には閣下にもいらしていただけたら」

「ああ、招待状が届いたよ。やっと君も人生の墓場入りか。そちらが婚約者か？」

屈託なく笑いながらも検分するような視線に、沙保子は礼を解かずに答えた。

「内大臣閣下には、初めてお目もじいたします。秋津和之の娘、沙保子にございます」

「秋津侯爵の」

カーツィーを保ち続けるのは、存外疲れる。さりげなく明臣が沙保子を抱き寄せたので、体勢を変えることができた。細やかな気遣いに、沙保子は感謝の念を抱いた。

「そうか、秋津侯爵のご令嬢だったな。侯爵には長くお目にかかれていない。君達のお式の時には是非、とお父上に伝えてくださるかな」

「はい、閣下のお言葉、父に申し伝えます」

沙保子が礼節を持って答えたからか、相模はいたく満足げだった。

「良い縁組だ。東院くん、君に唯一欠けていた『由緒ある血筋』をもたらしてくれる奥方だ。大事にしたまえよ」

「はい、必ず」

あまりにも不躾《ぶしつけ》な物言いに、瞬間的にカッとなった沙保子と違い、明臣は春の陽だまりのような微笑みで受け流した。そのまま場を辞した二人は、月明かりが美しいバルコニーに向かった。

「……そう怒らないでください」

「怒ってなどいません」

バルコニーには、他に誰もいなかった。石造りの柵に手を置いて、沙保子は月を見上げる。婚約者に背を向けられた明臣が、苦笑している気配がする。

「閣下にとっては、嫌味だという自覚もない程度の言葉ですよ」

「……自覚がなければ、人を傷つけてよいということにはなりません」

「私は傷ついていないので」

明臣の声は平坦で、本当に何の痛痒《つうよう》も感じていないように聞こえた。沙保子は、思わず彼を振り返る。

「本当に、何とも思っていません。事実を告げられて傷つくほど、無駄なことはありません」

「明臣さま」

心からそう思っていることが伝わってきて、沙保子は戸惑った。侮られ、傷つけられて、平然としていられるものだろうか。

「……ずっと、お強くいらっしゃいましたか？」

「え？」

「幼い頃も、お強かったのですか？　傷つけられ続けて、誰の言葉も響かぬお心になったのではなく？」

幼い頃の明臣は、傷ついたのではないだろうか。少なくとも、沙保子は、幼い自分は今より弱かったと知っている。

「もし、そうであれば……打たれ続けた玉鋼《たまはがね》は強い刀になりますが」

沙保子は言葉を探した。傷つけられたのではないかと問うことは、彼への侮辱にならないだろうか。

「強い刀になったとて、打たれたことは、なかったことにはなりません」

「……そう、ですね。私は別に、強い刀ではないが」

明臣が前髪をかきあげた。さあっと吹いた夜風が、黒い髪をそよがせる。

「傷ついたことは、あったかもしれませんね」

どこか遠くを見つめて呟いた後、明臣は薄く微笑んだ。

「ただ、私は何も悔いてはいないので。過去も、あなたとの結婚も、すべて私が選び、決めたことです」

「……わたくしは」

自分で決めたのは沙保子も同じだ。ただ、沙保子には「選ぶ」ことはできなかった。選択肢は、最初から一つしかなかった。

「沙保子さんも、私には本心を言ってよろしいのですよ。こんな結婚は嫌だった、とでも。私には、気にならないことなので」

その言葉は、沙保子への愛情から来るものではなく、ただ、事実は事実として受け入れる。明臣にとっては、それだけのことなのだ。

「……わたくしの本意ではないことは、おわかりでしょう」

「そうですね。ただ、私にとっても同じです。結婚は家の為。相手への愛などではなく、付加するものが重要です」

微笑んで、明臣は沙保子の頬に手を当てた。

「だから、この先私があなたを愛することはないだろうし、あなたは私を愛さなくてもかまわない」

明臣の仕種はとても優しい。甘く蕩《とろ》けるような声で、冷たい事実を囁いている。

「私達は利害が一致しただけの関係です。私が罵倒されたとしても、あなたが傷ついたり怒ったりする必要はない」

愛し合う夫婦ではないのだからと、明臣は微笑んだままだ。

「それ、でも」

沙保子は、初めて明臣の内心に触れた気がした。今まで、余所行きの言葉と態度で包まれていた彼の本心が、少しだけ零れている。

「わたくしは……信頼し合う夫婦になれたらと、思っています」

「あなたは、優しいですね」

優しいのではなく世間知らずだと嘲笑された気がするのは、思い過ごしではないだろう。震えながら、沙保子は明臣の手に自分のそれを重ねた。

「何故《なにゆえ》、今、そのようなことをおっしゃるのですか」

今まで綺麗に隠してきた本音を、僅かとはいえ覗《のぞ》かせた明臣に、沙保子は小さな声で問いかけた。

「私は、無駄なことが嫌いだからです。あなたとの結婚は重要な投資です。――無駄に終わらないよう、努めるつもりではいますが」

「無駄……？」

「この結婚で私が得るのは、秋津家の名。未だ、実よりも名を取る者は多いのです。私の父がそうですから」

東院家は、沙保子との結婚の為に二十万円を支払った。秋津家の娘を嫁にしたという「名」を得る為だけに。

「それが無価値なことにならぬよう努めてください。秋津家の名と血を受け継ぐ子を東院の次代に遺すことが、私に課せられた命題ですから。けれど同時に、あなたの心は損ねたくないとも思っています」

満天の星の下で微笑む明臣は、月の神のように幽婉《ゆうえん》で美しかった。重ねた手を持ち上げ、軽く口づけられる。沙保子の手の甲に触れた唇は冷たく、形だけの「敬意」だった。

それでも、初めて異性に触れられたことに、沙保子は戸惑った。頬が熱くなったのを感じた時、明臣の唇が離れていく。

「そう赤くならなくてもいいと思いますが。西洋では、このくらいは挨拶ですよ」

「……ここは日本ですもの」

沙保子の頑なな答えに、明臣が笑みを深くする。微笑みとも失笑とも違う、苦笑に近い笑顔だった。

「私の婚約者は、先進的な職業婦人かと思ったら、旧弊な意識もお持ちらしい」

「明臣さまがお嫌でしたら、改めます」

沙保子が従うべきは、家だった。今までは秋津家。嫁いだなら、東院家――明臣に従うのが当然だ。明臣が厭うことは避けるべきだろう。

「嫌ではありません。ただ、私以外の男からもこういった挨拶はされると思いますから、その時は我慢してください」

顔に出さないように、と囁いた明臣は、今度は沙保子の頬に唇を押し当てた。ひんやりとした、やわらかな感触は、生まれて初めて知るものだった。

家族以外の異性に触れたことのない――祖父や父や兄にすら、たまに頭を撫《な》でられていただけの沙保子には、そんなことをされて赤くならないなど、無理な話だった。

「ここは、私以外には許さなくていい」

そう言って、明臣が唇を重ねてきた。不意打ち続きの口づけに、沙保子は目を瞠る。重ねられるだけの、触れるだけの口づけは、優しくも冷たい。それなのに、甘やかな驚きがある。

「……っ」

きゅっと目を閉じ、唇を引き結んだ沙保子に、明臣が笑った気配がした。少しだけ離れた唇が、また重ねられる。

体の震えは、怯えの表れだ。それを察しているだろうに、明臣は口づけをやめない。そのまま、沙保子の体を抱き寄せる。

「――手への口づけはあるでしょうが、ここは私だけのものです」

低く囁いて、明臣は再び沙保子の唇を奪った。

吹き抜けた風に、ドレスの裾が揺れる中、沙保子は初めての行為に戸惑いながら、未来の夫と定められた男からの口づけを受け入れていた。

3.

沙保子に本心を告げてしまったのは、明臣には不本意だった。成り上がりと誹《そし》られることに明臣は慣れているのに、誹る者達と同じ「由緒ある家柄」の沙保子が憤った。その義憤にも似た素直な感情を好ましく思ったのは事実だが、真正直に本心を晒す必要はなかったと思う。ただ、感情を抑える節のある沙保子が、真っ直ぐな憤りを見せたことが微笑ましかった。同時に、その無垢《むく》な心を傷つけたいという屈折した想《おも》いが湧き上がった。

「それでそのまま傷つけた、か。いい歳の男が情けない」

自分に呆れ、明臣は苛立ちを口にした。軽く自嘲することで、気持ちが落ち着いていく。

明臣は、東院邸の自室にいる。明後日の結婚式は、先程最終準備を終えたところだ。一日かけて挙式と披露目をし、夜には隣の寝室――沙保子との夫婦の寝室で契《ちぎ》りを交わす。

――沙保子が、その白く整った顔に、明臣を侮辱されたと怒りを顕《あら》わにしている様は、美しかった。

名家の血を東院家にもたらすだけの令嬢だと思っていた。他の華族同様に、金で買われておきながら、気位だけは高いだろうと達観していた明臣の意識を変える程度には、驚かされた。

沙保子への愛はない。そんなものは何の役にも立たない。だから、手に口づけた。妻として迎えるだけでなく、沙保子への敬意は持って接すると決めたからだ。

――その後の、頬への口づけは自分でも理解し難い。更には唇を重ね、そこは他の誰にも許すなと言ってしまった。普段は男装していても、沙保子の意識はどこまでも「令嬢」だ。手に触れるだけで赤くなる彼女に口づけてしまったのは、早計すぎたと反省する。

ただ、あの時は、どうしても触れたいと思った。愛のない結婚に対し、信頼し合う夫婦になりたいと子どもじみたことを言う世間知らずと嗤っていたはずなのに。

傷つけられたのだろうと労《いたわ》る言葉は、どこまでも慎ましやかだった。明臣は押しつけがましい思いやりこそ侮辱だと感じるが、控えめな沙保子は、ただ静かだ。

その静けさが好ましくもあり、同時に「困らせたい」という屈折した感情から、頬に口づけた。結婚前に唇を重ねることは、沙保子の怒りを買うだろう。そう配慮ができていたはずなのに、身分絡み以外では我慢することに慣れない欲求が発露したのだと結論づける。

沙保子との結婚は、東院家が、華族の中でも屈指の名家と繋がったことを喧伝《けんでん》する機会でもある。相模内大臣を始めとする政財界の大物達の出席も予定されている。完璧に成し遂げなくてはならない。

その時、控えめに扉が叩かれた。同時に、美哉の声がする。

「若さま。速達が届きました」

「わかった」

入室を許可すると、美哉は封筒を載せた盆を机に置いた。漆塗《うるしぬ》りの簡素な机は、明臣の気に入りのものだ。

「美哉。茶を頼む」

「はい。珈琲ではなくお茶でございますね？」

「ああ。茶なら何でも……いや、冷たいものがいい」

「かしこまりました」

恭しく頭を下げ、美哉が飲み物の支度に出ていく。扉が閉められたのを確認した後、明臣は封筒を裏返して差出人を見た。

「……和紘？」

書かれていた名前は、秋津和紘。帝大で同窓だった友人で——沙保子の実兄だった。

手紙に記されていた待ち合わせ場所は、洒落《しゃれ》た料亭だった。看板には「璃空亭《りくうてい》」と書かれていて、確か、軍人がよく利用する店だと聞いたことがある。芸妓を呼んで飲んで騒ぐ気はない明臣は、少し眉を顰めた。

「帰りは——そうだな、日付の変わる頃にここへ」

「はい」

運転手に迎えの時間を指定し、店内に入った。一見して極上の身なりをしている明臣に、店の女将《おかみ》らしき女が近づいてくる。

それを制し、明臣は待ち合わせている旨を告げた。和紘の名を告げると、女将に案内されて二階の奥座敷に通される。

「お連れさまがお着きになりました」

「うん、ありがとう」

明臣が座敷に入ると、懐かしい顔があった。秋津和紘とは、四年振りの再会だ。

廊下と部屋の間には、二階だというのに小さな内庭があった。そこを抜けて靴を脱ぎ、座敷に上がる。

「料理を頼む。それと酒も」

和紘がそう言うと、女将は恭しく下がっていった。

既に飲み始めていたらしい和紘を見下ろし、明臣は呆れを隠さず声をかけた。

「いきなり呼びつけるなら、せめて俺が来るまで待て」

「そう言うな。腹が減っていてな」

仕立てのいい洋装に身を包んだ、人懐こい青年。彼が秋津侯爵家の嫡男、和紘だ。公家の血筋らしくやや線の細い顔立ちは整っているが、沙保子とはあまり似ていない。

明臣は、和紘とは四年振りの再会だが、感動はない。帝大在学中は親しくしていたが、卒業後の和紘は音信不通だった。

「まあ、座れ」

勧められて向かいに座る。上座を空けていたのは、和紘なりの気遣いだろうか。

十五畳ほどの広さの部屋で、床の間には花が一輪生けられていた。掛け軸は中国の景色の水墨画で、簡素に見えるがそれなりの品だろう。建物の角に位置するのか、二方向の壁が硝子窓になっていて開放的だ。

部屋の中心に一枚板を使った六人掛けの座卓があり、天板は艶やかに磨かれている。そこに冷酒と肴《さかな》がいくつか用意されていた。

「それで、わざわざ呼び出して何の用だ」

「何の、はないだろう。妹が嫁ぐとなれば、僕だって心配する」

やはりそのことか、と明臣は内心で舌打ちした。沙保子に求婚する時、このことが気がかりでなかったと言えば嘘《うそ》になる。結局、個人的な損より家の利を取った。

「別に、おまえとの縁組を反対しているわけではないぞ。おそらくだが、うちの窮状を助ける為のものだろうし」

「まあ、金で買い叩いたな」

「ふむ。沙保子がそれを受け入れたということは、うちは相当ひどいことになっているな」

明臣の杯に酒を注ぎながら、和紘は少し口惜しそうに呟いた。

「もう少し早く気づけていたら、僕が何とかしたかったが」

「債務は五万円だ」

「……そこまで膨らんでいたか。父上には本当に才がないのだな」

しみじみと言いながら自分の杯に手酌《てじゃく》で注いで、和紘はくいっと酒を飲み干した。

「その後始末を沙保子に任せるしかないなど、兄として情けない。僕なりに、家を助けるつもりはあったんだ」

「今はどうしている」

「九州の石炭と製鉄所を繋ぐ仕事だ。上手く当たれば、家の借財は返済できると踏んでいたんだが……僕が思うより早く悪化したのだな」

肩を落とした和紘は、落ち込み続けることはせずに顔を上げて明臣を見据える。

「沙保子を迎えるのに、いくら使った？　借財の五万円だけでは、嫁入り支度ができぬから父は了承しないはずだ」

「二十万」

素っ気ない明臣の答えに小さく吹き出し、和紘は頭をかいた。

「それだけ積まれれば、父上も嫌とは言えぬよなあ……」

「選択したのは沙保子嬢だ」

「……なあ、東院」

「何だ」

「沙保子を、任されてくれるか」

和紘の言葉に、明臣は怪訝《けげん》な表情にならざるを得ない。沙保子は、明後日には明臣の妻になる。任されるも何もない。

「形ばかりの結婚、子を産む為だけの妻ではなく。沙保子自身を、見てやってくれるか」

「秋津。おまえ、政略結婚に何を求めている」

鼻で嗤った明臣に、和紘は頷きつつも言葉を続けた。

「僕が不甲斐《ふがい》ないばかりに、妹に苦労をかけている。その妹が嫁ぐ相手が旧友となれば、少しは情けを期待したくもなるだろう」

「生憎《あいにく》だが、俺には妹がいないからな。兄の心境とやらはさっぱりわからぬ」

冷たい日本酒を呷《あお》ったところで、仲居が料理を運んできた。新鮮な刺身や焼いた肉、小鍋に揚げ物。手際よく並べられた美しい肴を、二人は目と舌で味わった。

「――別に、積極的に不幸にするつもりはない。ただ、俺は投資した以上はそれに見合った結果を得る必要がある」

何故か言い訳めいた言葉を吐いた自分に、明臣自身が一番驚いた。が、本心ではある。沙保子を不幸にしたいわけではない。

「結婚も、おまえにとっては投資か」

「俺には、おまえのような家格も歴史もないのでな」

「僕にはおまえのような財がない」

互いにないものねだりだなと笑った和紘に、明臣は首を横に振った。和紘と自分の、決定的な違いを口にする。

「おまえは財を得ることもできるだろう。だが、俺の生まれは変えられない」

明臣は、東院家を恥じてはいない。父も祖父も、才覚だけでここまで来たことを誇りに思っている。それはそれとして、生まれだけはどうしようもないのが現実だ。だからこそ、父と母の期待に応えるべく、名家の血を持つ沙保子を望んだ。

「沙保子嬢は弁《わきま》えた女性に見えた。彼女が望む間は、秋津家も支援する。それで彼女の願いは叶《かな》うのではないか」

明臣は、沙保子を不幸にして苛《さいな》む気はない。先日はつい傷つけたくなってしまったが、あれは一過性のものだと思っている。

「そうか。僕の記憶では、女学校時代の沙保子のままだからな。……そうだな、四年も経《た》てば沙保子も大人になっているか」

明臣が知る沙保子は二十二歳の大人の女性だが、和紘の記憶の中では十八歳の少女のままなのだろう。

「一度、秋津家に顔を出してはどうだ」

「三十までは好きにすると言って家を出たのでな。のこのこ帰るなら、相応の手土産がないと合わせる顔がない」

天麩羅《てんぷら》を箸で摘まみ、和紘は苦笑した。放蕩息子のようでいて、妙に律儀なところがある。

「沙保子とは上手くやれそうか」

「今のところ問題はない」

「……あれは、少しばかり思い込みが強くて頑なだ。亡くなった祖父を尊敬していてな。おまえに金で買い叩かれたのも、家というより祖父の会社を守りたかったのだろうと思う」

和紘の言葉に、明臣は首を傾げた。沙保子は、融資が無理なら花街に行く覚悟をしていた。それは家の為でなく、会社の為だというなら、「普通」の令嬢とは価値観が違うようだ。

「家よりも会社か」

「家名に傷がつくのを嫌うのは父だ。沙保子は『傷がつく程度の家名でしたら、さっさと捨てればよろしいのに』と言っていた。祖父の口癖そのままだ」

「俺の申し出を受けた時は、家名も大切にしているように見えたが」

明臣の疑問に、和紘は深い息をついて笑った。

「祖父は、沙保子に『父と兄を支えてやれ』と言っていたからな。自分が家を守らねばと思ったのだろう」

「孫娘にそのようなことを言うものか？」

「まあ、秋津の男は頼りないからなあ。祖父が亡くなってからは、沙保子は祖父の遺言を守ろうと必死だった。祖父は、沙保子を縛る為に遺言を残したわけではないが……僕がそう言っても聞き入れなかった」

寂しそうに呟き、和紘は酒を飲んだ。空いた杯に、明臣は黙って酒を注いだ。

「利害関係で結婚するおまえに言うのは筋違いだが、それでも、だ。沙保子を頼む」

「秋津」

「素直で優しいところもある。政略結婚ならおまえの前では意地を張るだろうが、小娘のやることだと大目に見てやってくれ」

深く頭を下げられ、明臣は動揺した。仕事ではなく私事で、しかも友人に頭を下げられるのは存外心地が悪い。

「……明後日の式には来ぬのか」

「まだ顔は出せん。沙保子はともかく両親には見つかりたくないしな。——東院。沙保子を幸せにしてくれとは言わぬ。不幸にはしないでやってくれ」

もう一度深々と頭を下げて頼まれ、明臣は戸惑いながら頷いた。

＊＊＊

挙式の日は、朝から忙しかった。法的な手続きをし、式を挙げ、披露目をする。来客の相手も欠かせない。洋式の礼装に身を包んだ明臣は、白いドレスを着た沙保子の顔を、まだまともに見てもいない。

帝都の中心にあるホテルを借り上げた披露宴は、金に糸目をつけない豪華さで人々を圧倒した。

新郎新婦双方の親族席は、対照的だった。

指折りの名門華族との縁組に誇らしげな新郎一族と、屈辱に下を向いている新婦一族。これは歩み寄りは無理そうだと、明臣は早々に匙《さじ》を投げた。

雛壇《ひなだん》に座って笑顔を保ち、招待客達との懇談を一通り終わらせた頃には、場は華やかな夜会のようになっていた。もう新郎新婦がいなくても問題ないだろうという機を計って、明臣は沙保子の手を取って会場を出た。

結婚式の衣装のまま、自動車に乗り込んで東院邸に帰る。

使用人達が出迎える中、明臣は沙保子を寝室に押し込んだ。

暗い室内を、窓から射し込む月の光が照らしている。寝室の中心には、寝台がある。

その白い敷布の上に、沙保子を横たえた。いくら深窓の令嬢でも、嫁いできた以上、閨事《ねやごと》の知識くらいはあると思いたい。

純白のドレスは、沙保子にぴったりに造られている。首元までレースで覆われた肢体《したい》は、ひどく儚《はかな》げに見えた。

きゅっと締め上げている紐を緩め、ドレスをはだけた。繊細な生地の下から、真珠《しらたま》のように白い肌が現れる。女性らしいまろやかなふくらみに指が触れた時、沙保子が息を呑んだ。

ふい、と背けられた横顔を見ると、羞恥に染まった頬と耳朶《みみたぶ》は、薄《うっす》らと桜色に上気している。

その様子が、何ともいえない艶を放っている。

沙保子の背に手を廻《まわ》して紐を解き、ドレスを半ばまで脱がせる。洋装用の下着と、やわらかそうな乳房が露わになった。その先を暴こうとした時、レースが指先に引っかかる。苛ついた明臣は、力任せにドレスを引き裂いた。

「は、るおみ、さま」

驚いたのか、沙保子が背けていた顔を正面に戻す。細い指が、戸惑うように明臣の手に添えられた。

「どうせもう着ない服だ」

使い回すこともない。そう思うと、丁寧に扱っているのが馬鹿馬鹿しくなった。

明臣は沙保子の胸元を開き、そのまま力任せに引き破った。絹を裂く音というのは、実際にやってみたところ、あまり大きくはない。

そのままドレスを脱がせ、白い下着も剥ぎ取る。泣きそうな顔をした沙保子にかまわず、白い素肌を月明かりに晒した。華奢だと思っていた体は、補正の下着なしでも女性らしいまるみを帯びて美しかった。

ふんわりと盛り上がった乳房は先端だけが淡い桜色で、他は抜けるように白い。肌理《きめ》の細かな、しっとりした肌に手を滑らせると、沙保子の体が大きく震えた。

「沙保子」

初めて呼び捨てにした明臣に、沙保子は小さく瞬きをする。

「成り上がりに体を許すのは嫌か？」

挙式前の丁寧な口調は、礼服と共に脱ぎ捨てた。襯衣《シャツ》と洋袴《ズボン》を纏ったままの明臣と違い、沙保子が着ていた白いドレスは、千々に破られて原形を留《とど》めていない。

明臣は、匂い立つようになめらかな肌に指を這《は》わせた。

「わ……たくし、は」

「明臣さまの妻ですから、か。聞き分けのよいことだ」

沙保子の言葉を先取りして、明臣は華奢な肢体を組み伏せた。沙保子が戸惑ったように見上げてくる。

心の奥底まで見通しそうな澄んだ瞳が煩《わずら》わしくて、明臣は沙保子に口づけた。小さな唇は、やわらかく艶やかだ。

ん、と微かな声を上げた隙に、口づけを深いものに変える。口内の粘膜を舐《な》めると、沙保子は小さく震えて明臣の襯衣《シャツ》にしがみついた。

明臣は、剥《む》き出しになった白い肩に口づけ、痕《あと》を残した。沙保子の真っ白な肌は、軽く吸うだけで薄桃色に染まる。

ふんわりと盛り上がった乳房に手を這わせながら、肌に愛撫《あいぶ》を施す度、沙保子の押し殺した声が零れた。

「っ、ん……」

つうっと、こめかみを流れる汗に気づいて、明臣は組み伏せていた肢体から少し離れた。真っ白い肌にいくつも散った鬱血痕が痛々しいほど、沙保子の体は嫋《たお》やかだった。

沙保子の裸の背に、手を這わせる。びく、と細い体が大きく震えた。形のいい乳房をやわく揉《も》むと、沙保子の顔に動揺が宿る。

「もう少し肉付きがよくてもいいんだが」

我ながら下衆な物言いだと自嘲した明臣だが、沙保子は困ったように目を瞬かせている。今までの彼女なら、明臣の言葉に「申し訳ございません」と謝りそうなものだが。

「あまり肥《ふと》り肉《じし》になりますと、衣類を一から仕立て直しになりますので」

明臣が眉を顰めると、沙保子はおずおずと申し出た。

「明臣さまが、わたくし相手では興が削《そ》がれるのでしたら」

「そういうことは言っていない。女の裸体を見れば、大抵の男はその気になれる」

とはいえ、明臣の場合は、好ましい女に限るのだが。そして、秋津沙保子――今は東院沙保子となった妻の容姿に対して、文句はない。

ただ、あまりにも沙保子の視線には羞恥がない。生娘なのは間違いないはずだが。

「沙保子」

「はい」

「俺が触ると、何かあるか」

「……くすぐったい、ような」

「そうか。――これは？」

白い乳房を手で掴《つか》み、やんわりと揉んだ。やわらかくも芯があるような感触だが、肌は指に吸いついてくる。

「……っ、わかり、ませ……」

「何も感じないか？」

「……わかりません」

沙保子は泣きそうな顔で答える。その顔が、快楽に染まるのを見たいと思う。

「これから、夫婦になる為の行為をする」

「わたくし達は、もう夫婦なのでは……？」

「法的にはな。実情は、まだ夫婦ではない。——ここに」

薄い和毛《にこげ》の奥、沙保子の秘所を指でなぞった。そこに触れられることは初めてだろう沙保子が、くっと息を殺す。

「俺が挿入《はい》る」

「……明臣さまが？」

困惑と疑問を溶かしたような視線が、明臣を捉えた。無垢な様が、官能をそそる。今の沙保子は男装時とは違って女であることを隠していないのに、微かな背徳感があった。男女の営みをよく知らない妻に、閨《ねや》の教育を施すことになるとは思わなかった。

「君の欠けた部分に、俺の一部が挿入って、それで夫婦になる」

「……よく、わかりません」

「臥所《ふしど》で共寝するだけでは、子は授からない」

そう言って、明臣は沙保子のなだらかな腹部を撫でた。

「この奥に、俺が子種を放って、君の胎《はら》がそれを受け止めたら、子ができることもある」

「難しいのですね」

真顔で頷かれ、明臣は脱力したくなった。こちらの「その気」が失せる反応はやめてほしい。

「これから、俺は君の体を探る。常と違う感覚がしたら言いなさい」

「はい」

素直に答えられ、微妙な気持ちで明臣は沙保子の唇を塞いだ。

（――男女の行為をわかっているのか、このお姫さまは）

こんな世間知らずで、よく今まで「職業婦人」でいられたものだと感心すらする。だが、明臣が一瞬躊躇《ためら》うほど――溺れてしまいそうな不安が過ぎるほど、沙保子の肌は手触りがいい。しっとりと肌理細かですべらかで、小振りな乳房には適度な張りがある。今を盛りと咲く花のような、匂やかな美しい肌だ。

剥き出しの肩を撫でながら、唇を深く合わせていく。接吻《せっぷん》に慣れていない沙保子が、苦しそうに唇を戦慄《わなな》かせた。そのあわいに、舌を差し込む。

「っ、ん……っ」

歯列を辿り、口内を舐める。熱を帯びた舌でやわらかな頬の内肉を撫で、奥で小さくなっていた沙保子の舌を絡め取った。

明臣のものより小さな舌を掬い、先端でつつく。怯えるように逃げる舌を追いかけ、口内を蹂躙《じゅうりん》した。

「……っ、ふ……」

目を閉じた沙保子の長い睫毛を見つめながら、口づけの角度を変える。より深くなった接吻に、沙保子が苦しげに喘《あえ》いだ。

「は……」

密やかな吐息に、ぞくりと体が震える。口づけもろくに知らない沙保子に翻弄されそうで、明臣は一度彼女から離れた。つうっと、細い銀の糸が二人を繋いでいる。

「口づけは、嫌か？」

「いえ。ただ……少し、苦しくて」

落ち着いた声が、どこか戸惑いを含んでいる。その落差が艶になることに、沙保子は気づいていない。

明臣は襯衣《シャツ》の釦《ボタン》を一つ外し、喉元を緩めた。捕食の為に呼吸を整えた後、沙保子の唇をもう一度貪った。

不意に再開された接吻に、沙保子はおずおずと応え始めた。小さな舌が、ちろちろと明臣の舌に触れては逃げる。

それを追い、唇をやわらかく押しつける。重ねては離れ、また重ねて口内を嬲る。その度、沙保子の腕が明臣の襯衣《シャツ》に縋りついた。

何度となく口づけ合いながら、明臣は沙保子の乳房を手のひらで包んで捏《こ》ねた。瑞々《みずみず》しい肌がほんのりと紅潮し、色香を放っている。その、紅緋に染まった先端を指先で摘まむと、沙保子の喉が上下した。

「……っ、ん……！」

晒された喉元に唇を這わせ、痕を残す。同時に、熟れた乳首を指で転がしたら、沙保子は大きく喘いだ。

「あ……っ、あ、ん……！」

明臣には心地よい嬌声《きょうせい》だったが、沙保子はかあっと頬を染めて両手で口を覆った。その手を掴み、沙保子の喉を舐めた。

「隠すな。聴かせろ」

「で……すが」

「君は、閨事は知らぬのだろう」

実際、隠さなければならないような声ではない。明臣は、沙保子の声を気に入っているし、その声が乱れ喘ぐなら聴いていたいと思う。

「声を抑えては、君はどこが好《い》いのか、俺にわからない」

尤もらしく告げれば、沙保子は素直に頷いた。花街の女達はあられもない声を上げて客を喜ばせようとするが、無意識に声を殺そうとする沙保子は、そこまで乱れないだろう。

――いずれ、快楽に堕ちきった姿を見たいと思わなくもないが。

今は、ただ「夫婦として」当然の行為をしているだけだ。沙保子には、明臣の子を産んでもらわなくてはならないし、その為には性行為が必要だ。

意識を切り替え、再び沙保子の肌を辿った。まるい乳房を包み、指全部を使って揉む。指と指の間で乳首を挟んで擦り、色づいたそれを口に含んだ。

口の中で硬くなった乳首を転がし、舌でつつく。時折、ちゅっと吸い上げれば、沙保子は乱れた呼吸を繰り返している。

「ぁ、ん……っ、ん……！」

声を抑えるなと言った明臣の命に従うように、沙保子は快楽を受け止めて甘く啼《な》く。唇で食《は》んだ乳首をくちゅりと舐めながら、明臣は沙保子の体を撫でた。

ほっそりしているとはいえ、やわらかく女らしい肢体だった。その優美な曲線を辿るように愛撫しながら、閉じている脚を開かせた。

「……っ」

びく、と震えた沙保子が息を呑む。

「明臣、さま」

「ここに挿入ると言っただろう？」

泣きそうな顔をしている沙保子に口づけ、隠すもののない秘部を指で撫でた。微かに濡れていたらしく、指を這わせると蜜が零れてくる。

「っあ、あ……！」

直接的な快感は、沙保子には未知のものだったらしい。震えながらも、明臣の手の動きを咎めることはない。それをいいことに、明臣は濡れ始めた秘花の柔肉を拓いた。

唇を離し、沙保子の体のあちこちに鬱血痕を残しながら、肌の感触を楽しんだ。開かせた脚の付け根に顔を近づけたら、沙保子が悲鳴を上げた。

「そこ、は……！」

「俺が挿入る場所だ。覚えろ、沙保子。ここは、俺を受け入れる為の場所――俺のものだ」

じわりと湧いた独占欲に突き動かされるように、明臣は躊躇なくそこに口づけた。繊細な動きで花片をめくり、露わになった淫芽と蜜口に愛撫を始める。

「っあ、あ……、はる、おみ……さ……！」

ゆるゆると秘花を撫でていた指に蜜を絡ませ、ゆっくりと差し入れる。浅い部分をくすぐり、ぷくりと硬くなった淫芽を甘噛みしたら、沙保子の腰が跳ねた。

蜜に濡れた隘路《あいろ》を拡《ひろ》げる為に指を抽送し、溢れた愛液を啜《すす》った。沙保子が泣きそうな声で嬌声を零し、秘花は朝露に濡れた花のように綻んでいく。

「……ああ、溢れてきた」

とろりとした蜜を飲み下し、舌で淫芽に塗り込める。月明かりの下でもわかるほど赤く濡れた花芽を尖らせた舌でつつき、吸い上げ、傷つけないようにそっと歯を立てた。

「ふ……っぁ……、あ……！」

「沙保子。どこが好い？」

「ん、あ……っぁん……！」

執拗《しつよう》に淫芽を嬲り、刺激する。その度に沙保子の中から蜜が溢れ、指の抽送を滑らかにした。

明臣は二本目の指を捻《ね》じ込み、狭い蜜路を拡げる為に動かしていく。

「沙保子」

咎める響きを声に移すと、沙保子は涙に濡れた目で明臣を見つめた。その目に宿った熱が、情欲だという自覚はないのだろう。

「どこが好い？」

差し込んだ指をくるりと回転させ、恥丘の裏側を軽く押す。沙保子が細い悲鳴を上げ、体を震わせた。

「ここか？」

「っ……、目の、裏が……真っ白に……」

「そうか。好《よ》くないか」

「え……あ！」

するりと指を引き抜き、明臣は舌を蜜壷に差し入れた。ぬめる蜜を啜りながら、やわらかな媚肉の襞《ひだ》を確かめるように、淫らに舌をくねらせる。

「あ、あ……っあ、ん、あ……！」

沙保子の嬌声が間断なく響き、明臣の聴覚を打つ。それがひどく心地よい。

隘路は明臣の舌すら締めつけ、いやらしく蠢《うごめ》いている。その蠕動《ぜんどう》に逆らいながら、明臣は舌を動かした。

「ぁ、ん……っ、あ……っ」

ぷっくりと膨らんだ花芽を指先で優しく撫で、ゆるく押し潰す。それに合わせて花片を食みながら吸い上げると、沙保子が一際高く啼いた。

どくっと溢れた蜜に、彼女が達したことを悟る。明臣は秘花から顔を離し、沙保子を見つめる。短く浅い呼吸を繰り返す沙保子の、汗に濡れた額にかかる髪を払い、そこに口づけた。

「……あ……」

「変わった感覚はあったか？」

明臣の問いに、沙保子は茫洋《ぼうよう》とした視線で頷いた。

「先、ほどは……未知のことでございました」

「まだ、そこの方が好いか」

男を知らない沙保子は、淫芽への刺激の方が強かったらしい。この薄い腹に男を受け入れる快楽は、徐々に教えればいいのだろう。

――が、既に明臣も限界に近い。妻の嬌態を見せつけられて、雄が刺激されない男がいるものかと思う。

硬く張りつめた自身を取り出し、沙保子の花にあてがう。その違和感にか熱にか、沙保子が不安げに明臣の襯衣《シャツ》を掴んだ。

「そのまま、掴まっていろ」

「え……」

細い腰を掴み、入り口の部分を何度か行き来させる。溢れた蜜を自身に絡めながら、沙保子の淫芽を擦りつけた。

「っ……、あ……」

ふと沙保子の体から力が抜けた時、明臣は侵入を開始した。ゆっくりと、腰を進めていく。

「ん……！」

異物感に、沙保子が眉を寄せる。小さな白い手が、襯衣《シャツ》をぎゅっと握り締めた。

「痛むだろうが、耐えてくれ」

「は……い……っ」

一気に貫きたい気持ちはあるが、沙保子の中は狭く、無理に押し広げることは躊躇われた。

明臣は少しずつ侵入し、鞘に剣を収めるように沙保子の体内に挿入っていった。

「ん、ん……！」

きつく唇を噛んだ沙保子が、痛みを堪えるように呻く。その声すらも甘美な刺激になり、明臣の雄をそそる。

半ばまで進んだ時、微かな違和感があった。生娘の証かと思いながら、そこを抉《えぐ》るように穿《うが》っていく。

「――――！」

沙保子が喉を反らし、痛みから逃げるように腰が揺れる。それを許さずに強く掴み、一気に最奥を貫いた。

「ん、っあ、ん……っ！」

ずぶりと根元まで収めて、明臣は息をついた。淫らに動く媚肉が絡み、絞り上げるように吸いついてくる。沙保子の声も、痛みより快楽の色が濃い。破瓜《はか》の痛みを、官能が上回ったらしい。

「君の体は、随分と淫《みだ》らだ」

沙保子の腹を撫でると、その下にある自身が息づくのがわかる。涙を溜めたまま、沙保子が明臣の襯衣《シャツ》から手を離した。

「申し、訳……」

「かまわない。痛い痛いと泣かれるより、余程いい」

言い置いて、明臣は律動を開始した。本当はもう少し労ってやりたかったが、沙保子の中はあまりにも好《よ》すぎた。すぐに持っていかれそうなほど、気持ちいい。これでは、沙保子を再び達《い》かせるまで保つかわからない。

――生娘相手に、それはごめんだ。

別に勝負でもないのだが、先に自分だけ絶頂を迎えるのは嫌だった。そう思った明臣は、沙保子の体を弄《いじ》り、乳房を揉んだり花芽を擦りながら律動を速めた。

「あ、っあ……ん、あっ……」

繋がった部分から、ずぷずぷと濡れた音がする。それをかき消すように、沙保子の嬌声が零れていく。

互いの肌がぶつかるほど激しく腰を使い、快楽を追い上げる。明臣の下で身をくねらせる沙保子は、痛みと快楽に引き裂かれるように泣いていた。

そして、沙保子の隘路は明臣の侵入を受け入れながらも押し戻し、次の瞬間にはもっと奥まで引き込もうと淫らに蠢く。色事など知らないような沙保子の清楚な顔立ちが、羞恥と快楽で桜色に紅潮していた。

その差異に、ぞくぞくとした快感が背を走る。きゅっと絡みながら締めつけられる度、腰から脳髄《のうずい》まで強烈な快感が湧き上がった。

「沙保子。力を抜け」

「ん、あ……っ、はい……っ」

甘く啼きながら、沙保子は明臣に命じられたとおりにしようとする。が、慣れない体は思うようにならないらしく、却ってきつく明臣に絡みついた。

「力を抜けと言うのに」

「あ、っあ……、ん……！」

笑いながら明臣が深く腰を打ちつけ、半ばまで引き抜く。乱暴なほどの動きに、沙保子は謝りながら嬌声を振りまいた。

「っ……、沙保子。許せ」

そろそろ限界が近い。明臣は、沙保子への労りを忘れて、こみあげる情欲のままに動き、揺さぶった。最奥を穿ち、激しい抽送を繰り返す。粘膜が擦れる度、得もいわれぬ快感が互いを包み込んだ。

「ん、あ……っ、あ……！」

沙保子の声を聴きながら、あちこちに噛みつくように口づけた。沙保子の耳朶をゆるりと食んだ瞬間、彼女の中が強く収縮する。

「あ……！」

頼りない声を上げて沙保子が達した瞬間、最奥まで一気に貫く。絶頂を迎えた沙保子の胎内がいやらしく動き、絶妙な強さで締めつけてくる。

「く……っ」

襲ってきた射精感に、明臣は身を任せた。ドクドクと脈打つ自身から、沙保子の胎に精が吐き出されていく。

その快感に身を委《ゆだ》ねた明臣は、意識を失った沙保子の隣で、朝まで眠ることになった。

4.

沙保子は明臣と結婚して東院姓になったが、未だに秋津貿易の代表でもある。このことだけは譲るつもりがなかったが、明臣は特に咎めることなく好きにさせてくれている。結婚後は、明臣の取引先との会合などに同席を求められるようになったが、その時は沙保子も淑女らしい装いを心がけた。

秋津貿易の役員室で、沙保子は帳簿を見ていた。明臣からの結納金のおかげで、今のところ財務に問題はない。だが、いつまでもあるものでもないから、頼りきりになるわけにはいかない。

「沙保子さま」

扉の向こうから呼びかけられ、沙保子は顔を上げた。初秋の気配が色濃くなってきた帝都の風景を見て、少し疲れた目を瞬かせる。

「どうぞ」

「失礼いたします。――当社の指南役に、こちらの御方をお迎えしようかと思うのですが」

屋代が徐に見せた写真には、豪華な肘掛け椅子に座った老年の男性が写っている。悠然とした雰囲気が感じられ、一廉《ひとかど》の人物であることは写真越しにもわかった。

「どなたですか？」

「西洋に留学して経営を学ばれた方で、汐見雄三《しおみゆうぞう》さまとおっしゃいます。現在はご自身の会社を譲り、隠居生活をなさっています」

「隠居なさった方が、当社を引き受けてくださるのですか」

沙保子の疑問に、屋代は居心地悪そうに頷いた。

「東院さまのご紹介であるから、受けてもよいと……」

「……そう。明臣さまは、いつの間にか手配なさっていたのですね」

沙保子が微かに笑うと、屋代は困惑した視線を向けてきた。それに答えることはせず、沙保子は汐見の写真と経歴書を受け取った。

「目を通しておきます。明臣さまが見込んだ御方なら、問題ないとは思いますが」

そう告げて、一人になりたいと合図した。いつもならすぐに従う屋代が、室内に留まっている。

「屋代？」

「それから……先程連絡がありました。本日、栗生《くりゅう》伯爵の誕生祝いの宴……夜会に出席する支度を、とのことです」

「……私に直接おっしゃればよいものを」

眉を顰めた沙保子だが、明臣は先日から地方へ出張に出ていた。直接言う機会がなかったのはわかっている。だが、会社宛に連絡せずとも、沙保子に手紙なり電話なりすればいいではないかとも思う。

「お断りなどしないのに」

そのくらい弁えている。沙保子は、金で買われた妻だ。明臣の温情で秋津家の為に働くことは許されているが、最優先すべきは東院家になったのだ。

「夜会の時間は聞いていますか？」

「いえ……」

「そう。では、今日は少し早く帰ります」

明臣の帰宅までに、支度を済ませておかねばならない。こういった時、支度に時間のかかる女は不便だと思う。

「汐見さまとの面談の日時を、調整しておいてください」

「かしこまりました」

深く頷いて、屋代は退室していった。それを見送り、沙保子は椅子に座り直す。

新聞を読み、ラヂオを聞きながら、今後流行しそうなもの、もしくは需要が増えそうなものを調べて情報収集するのも仕事だ。また、様々な会社を経営している華族達から話を聞くことも参考になる。

そういえば、栗生伯爵も舶来品を扱う会社をいくつか持っている。そのことに思い至って、沙保子は口元に手を当てた。

「……まさか」

今夜の宴に出席することは、明臣の配慮なのだろうか。仕事に役立つ情報を得ようという、気遣いなのか。

「……」

わからない。

沙保子は明臣の妻だ。だが、明臣と理解し合っているとはとても言えない。彼が何を好み、何を嫌うかすら知らないのだから。

だから、今日のこともただの偶然なのか配慮なのか、わからないままだ。沙保子のうぬぼれかもしれない。

どちらにしろ、栗生伯爵との顔つなぎはありがたいことではある。秋津貿易の未来の為に、できる限りのことをしようと決め、沙保子は帳簿の数字を追った。


栗生伯爵邸は、大名華族らしい威風堂々とした造りの建物だった。東院家ほどではないが、かなりの規模だ。

車寄せには次々と客が訪れている。沙保子と明臣は、節度ある距離を保ったままその中に溶け込み、大ホールに案内された。

ホールに入ると、男性達が歓談しているのが見える。明臣は誕生祝いの品——インペリアルトパーズのカフスボタンの箱を手に、そちらに向かうらしい。沙保子は、栗生伯爵夫人への挨拶をするように言われた。

「そのまま、ご婦人方と歓談していればいい。折りを見て迎えに行く」

「はい」

栗生夫人にも、招待の礼の品を持参している。そちらは沙保子が渡せということだ。沙保子は明臣に会釈して、女性達が集まっている場に足を向けた。その時、明臣が独り言のように呟く。

「——男は、妻にだけは仕事のことを話す者もいる。上手く聞き出すといい」

「え」

咄嗟《とっさ》に振り返ろうとした沙保子に「そのまま進みなさい」と言った後、明臣が離れていく気配がした。

やはり、この宴への出席は沙保子の為でもあったのか。

祖父が亡くなって以来、誰かにこういう親切を受けたことがない沙保子は、不思議な温かさに包まれた気がした。

明臣とは心の通じていない夫婦になるしかないと思っていたから、彼の気遣いは望外のことだった。常に気を張っている沙保子だが、明臣のわかりづらい優しさは、静かに心を解《ほぐ》してくれる。

結婚の経緯からして、冷徹で計算高い人だと思っていたのに、こんな利のないことをしてくれる。

意地悪なのか優しいのか、それともどちらも真実なのか、よくわからない。

わからないが、明臣が気遣ってくれる以上は、沙保子も彼に誠心誠意尽くしたいと思う。

決意を新たに、沙保子は栗生夫人達が歓談している場所に歩を進めた。

——栗生夫人は沙保子が渡した珊瑚《さんご》の首飾りと耳飾りの組み合わせを大層喜び、居並ぶ夫人達に好意的に紹介してくれた。

おかげで、没落華族の娘が金の為に結婚したのかと、直接的には訊かれずに済んだ。沙保子はそのことを恥じてはいないが、そう返答しては可愛げがないと睨まれてしまう。高位の華族夫人達の不興は買いたくない。

「そういえば、あのこと、沙保子さまはご存じ？」

不意に、栗生夫人——蓉子《ようこ》から問いかけられ、何のことかわからない沙保子は首を傾げてみせた。こういった時は、素直に教えを乞う方が好まれる。

「あのこと、とは？」

「夫に聞きましたの。日本の古来からの美術品が、西洋では未だに大人気なのだそうですわ。それを元手に投資とやらをする者もいるとか」

蓉子は機嫌よく答えてくれた。それが沙保子に何の関係があるのだろうと思っていたら、蓉子が声を潜めて耳元で囁いてきた。

「……わたくしもね、実家から相続した品がありますの。西洋の衣服や宝飾品と交換したいのだけれど、沙保子さま、その伝手はおあり？」

囁かれた問いを、沙保子は急いで整理した。蓉子から買い取り、海外で売り、そして彼女の望むものを買いつける。

――できないことではない。秋津貿易には、海外の取引先は多数ある。東洋に力を入れてきたから西洋への伝手は少ないが、新規開拓は喫緊《きっきん》のことでもある。

「栗生伯爵夫人がお望みでしたら、微力を尽くします」

「蓉子とお呼びくださいませな。ねえ、夫ではなく、東院さまでもなく、沙保子さまにお願いしたい理由をわかってくださるかしら。殿方の目利きは実利主義でございましょう？　わたくしはね、多少損をしても、美しいものが欲しいの」

そう微笑む蓉子だが、真に受けて本当に損をさせるわけにはいかない。沙保子の持つ人脈で足りないなら、明臣に頭を下げてでも何とかする。この依頼を成功させたら、蓉子の口利きで「次」があることは明白だ。断るつもりはなかった。

　帰宅した沙保子は、着替えを済ませて夫婦の部屋に入った。この屋敷には、明臣と沙保子それぞれの私室、そして夫婦の部屋と寝室がある。沙保子は専用の私室をもらえると思っていなかったので、用意してくれた明臣には感謝している。

「明臣さま」

同じく着替えを終えた明臣が、ソファにゆったりと座って寛いでいる。その向かいに座り、沙保子は深々と礼をした。

「ありがとう存じます」

「俺は何もしていない」

「今日の宴……パーティーにお連れくださったこと、でございます。蓉子さま……栗生夫人から、ご依頼をいただきました」

沙保子の答えに、明臣は興味なさげに寝酒を手にした。ウイスキーという強い蒸留酒で、以前に勧められた時、沙保子はあまりの酒精にむせ返った記憶がある。

「それを恙《つつが》なく果たせるかは君次第だ」

「ですが、わたくしが失敗しては明臣さまもお困りになりますでしょう」

それを措《お》いて、誼《よしみ》を通じる機会をくれたことに感謝したかった。常は沙保子のすることに関心はないという風なのに、明臣はこういう気遣いをしてくれる。それが彼の歩み寄りなのかはわからないが、沙保子は素直に嬉《うれ》しいし、ありがたいとも思う。

「……まあ、手を尽くしても無理そうだったら、早めに言ってくれ。栗生家のご機嫌は損ねたくない」

「はい」

沙保子が頷くと、明臣は眦《まなじり》を仄《ほの》かに赤く染めて呟いた。

「君は、どうしてそこまで家に尽くす？」

「え？」

「望まぬ結婚を受け入れる、まではわかる。昨今、そういった令嬢は多い。だが、嫁いだ後まで実家に尽くしている婦人は少ない」

明臣の言葉に、沙保子は戸惑った。秋津家の為に働いていることを、やはり不快に思っているのだろうか。

「ご不快にさせ、申し訳……」

「不快ではない。職業婦人は歓迎すると言ったのは俺だ。――ただ、不思議に思っただけだ」

漆黒の瞳が沙保子を射る。そこに純粋な疑問を見て、沙保子は言葉を探した。

「……亡き祖父の遺言でしたから」

「祖父君は、君に家を守れとおっしゃったのか？」

「いえ。ただ、後を頼むとだけ。父は商才もなく、また無謀な散財をする人でしたから、あれに会社を任せてはおけぬと常から口にされていました」

亡き祖父、秋津和将はおよそ公家の出らしからぬ性格で、豪放磊落《ごうほうらいらく》だった。同時に芸術にも造詣《ぞうけい》の深い趣味人でもあった。沙保子は祖父が大好きで、誰よりも尊敬していた。祖父も、沙保子を可愛がってくれた。祖父が存命の頃の思い出は、沙保子には幸せな記憶しかない。

父の和之は祖父に似ず気弱で、草花や鳥を愛する繊細な人だが、何故か金遣いの思い切りのよさだけは祖父以上だ。

そんな父を心配した祖父は、常に沙保子に言い聞かせていた。

――秋津家の男は代々気弱な者が多いが、そういった時は、大抵補ってくれる娘がいる。沙保子も、和之や和紘を支えてやっておくれ。

祖父の言葉は、沙保子の心に刷り込まれている。

「……祖父君は、君を愛しておられなかったのか？」

「女子であるわたくしを、兄同様に慈しんでくださいました」

明臣の剣呑《けんのん》な口調に驚いて否定すると、彼は不機嫌そうな表情のまま言葉を続けた。

「幼い孫娘に、成人している父と兄の後始末をしろと命じるなど、慈しんでいるとは到底思えない所業だが」

「……っ」

痛烈な皮肉に、沙保子は唇を噛んで俯いた。祖父は沙保子を可愛がってくれた。そのことを沙保子は理解している。父と兄を支えてやってくれという言葉も、他家との繋がりの為の道具である沙保子が、秋津家の中で存在意義を見出《みいだ》せるようにという思いからだ。

それを、明臣に踏みにじられたような怒りがある。同時に、そのことに戸惑った。

沙保子は、生来物事に執着心が薄い。だから感情は常に平坦だった。なのに今苛立つのは、明臣にはわかってほしいという思いがあるからだ。

「……わたくしは」

太腿《ふともも》の上で揃えた両手を握り締め、沙保子は声を絞り出した。震えながら、明臣に向けて思いを口にした。

「嫁ぐ以外に、家の為にできることを与えられて幸せです」

「秋津貿易を守ることか？　男装してまで、君がやらねばならぬことなのか？」

「わたくしが殿方の装いをすることを、明臣さまに見苦しいと思われているとは存じております」

だから、明臣の前ではできるだけ男装しないように気をつけている。見送りと出迎えは妻の務めだから、沙保子は明臣より後に出社し、彼より先に帰宅する。

「見苦しいとは思わない。だが、どうしてそこまで尽くすのかわからない」

「女の身で、家族を助けたいと思うのは、おこがましいでしょうか」

「そうは言わない。……何故、君だけが苦労しているのかと思う」

「苦労……？」

思いがけない言葉に、沙保子は視線を彷徨《さまよ》わせた。苦労。男装して仕事をすることを、苦労と思ったことはない。沙保子にとって、それはごく当たり前の——必然だった。

「わたくしは」

「苦労だと思っていないと言うのだろうな」

答えを先取りして、明臣はウイスキーを一口飲んだ。カランと、氷が澄んだ音を立てる。

「別に、君が秋津家の為に働くことは不快ではない。身籠もったら諦めてもらうしかないが、それまでは好きにしていい」

その言葉に、沙保子は予想外のところから頬を叩かれたような錯覚に陥った。

子ども。確かに、明臣は——義父母は、秋津家の血を引く「東院家の跡継ぎ」を欲している。その為に、沙保子は二十万円という大金で買われたのだから。

「……」

今、秋津貿易を投げ出すことはしたくない。だが、子はまだ欲しくないと言う資格など、沙保子にはない。

俯いた沙保子に、明臣が静かに息を吐いた。

「責めたいわけでもない。——栗生伯爵夫人からのご依頼、叶いそうになかったら相談してくれ」

そう言うと、明臣は内扉から寝室に消えていった。後ろ姿を見送った沙保子は、自分の心を整理する。

祖父の遺言。

秋津貿易の今後。蓉子からの依頼。それから、明臣が望む跡継ぎ。

どれも大切なことなのに、考えようとしても頭が働かない。微かな頭痛を無視するように、沙保子はすっかり冷めた白湯《さゆ》を一気に飲み干した。

扉を開け、寝室に入る。広い――大人五人は眠れそうな寝台の左隅に、明臣が横たわっている。

沙保子は右端から寝台に入ると、上掛けを顔の辺りまで引っ張って体を隠し、眠る体勢を整えた。

（……明臣さまは、何をおっしゃりたかったのかしら）

わからない。夫婦となり、たった一回とはいえ肌を重ねた今になっても、東院明臣という人がわからない。

小さく吐息を零し、沙保子は目を閉じようとした。

「――不快か」

眠っていると思った明臣に不意に問いかけられ、沙保子ははっと身を起こした。いつの間にか、明臣が片手枕にこちらを見ている。

「祖父君を批判されるのは、君は余程不快らしいな」

「それは」

寝台の上で、距離を取っていたはずの明臣がすぐ隣にいる。薄衣《うすぎぬ》越しに体温が伝わってきそうな近さに、沙保子は狼狽《うろた》える。

「……祖父のことは尊敬しておりますので」

　夫に向き合うのだからときちんと正座し、当たり障りない言葉を選んだら、明臣は秀麗な顔を僅かに歪《ゆが》ませた。

「いつまでも、祖父君に囚《とら》われているつもりか」

　どこか責めるような口調が予想外で、沙保子は明臣を見つめ返すことしかできなかった。祖父を尊敬しているだけだ。囚われてはいない。

「そのようなことは」

　言いさした沙保子の腕を取り、そっと引き倒した。均衡を崩して倒れた体を、明臣がやわらかく受け止める。そのまま敷布の上に押さえ込まれ、沙保子は戸惑いながら明臣を見上げた。

「ない。――君は俺にはいつも否定ばかりだ」

　先程までとは少し違う、責めるのではなく呆れた口調で呟き、明臣が口づけてくる。形のいい唇が、沙保子のそれを食む。

「……っ」

　突然閨事を始められても、拒むことは許されない。そう思ってきゅっと目を閉じた沙保子の輪郭を、明臣の大きな手が包んだ。

「嫌ならやめるが」

　そんな言葉に、どう答えればいいかわからない。結婚した以上、こういう行為は義務だとわかっている。だが、怖いというのも本心だ。

「嫌になったら、そう言え」

低く囁いて、明臣は沙保子の夜着の釦《ボタン》を外し、少しはだけさせた。露わになった肩に、冷たい唇が落ちてくる。

ん、と漏れそうになった声を堪えた時、明臣の手が薄衣を剥いで大腿を撫でた。ぞくりとした感覚は、快感に近い。

同時に、初めての時の痛みを思い出して小刻みに震える体を、明臣の手が宥《なだ》めるように触れていく。夜着の上から乳房を押し包まれ、沙保子は小さく声を零した。

「嫌か？」

そう問うた直後、明臣の唇が薄衣越しに沙保子の乳房を食んだ。

「あ……！」

「君の言葉より、体が素直だ。正直に、俺を拒否している」

「そのような、つもりは……っ」

啄《ついば》まれた乳房の先端から、甘い痺《しび》れが走った。女らしさの象徴である胸を、明臣の指先が線を辿りながら滑り落ちる。

「新床《にいどこ》は痛みが強かっただろうからな。男を拒むのも、体の自衛本能だ」

他人事《ひとごと》めいたことを言って、明臣の手が乳房をゆるゆると揉む。口内に含まれた乳首は、衣越しとはいえ、その熱さも濡れた感触も余さず伝えてくる。

「一度抱かれただけで、こうも変わるとはな」

感慨深そうに言って、明臣が沙保子の鎖骨に口づけた。捕食の証《あかし》のように軽く舐められ、沙保子は自分が猛獣の前の仔兎《こうさぎ》になった気がした。

「肌の艶が違う。元々美しかったが」

嘆息し、明臣は沙保子の肌を撫でる。繊細な触れ方は、官能をくすぐるように甘い。

「生きた人形だった肌が、血が通《かよ》ったように艶やかさを増している」

「わ、かり、ませ……」

乳房や鎖骨、肩に触れる明臣の指が淫《みだ》りがわしくて、それだけで快感に繋がっている。たった一度抱かれただけなのに、自分の体がまるごと作り替えられたようだ。

「美しくなったと、褒めている」

そう告げて、明臣が沙保子の胸元に吸いついた。ちゅっと音がして、痕が残ったことを悟った。

「肌が薄いな。すぐに色づく」

どこか愉しそうに笑って、明臣は沙保子の体のあちこちに愛撫を重ねた。指先で触れ、唇で撫で、舌で舐める。どの刺激も、沙保子は目が眩《くら》みそうだ。

「ん……っ」

ただ、秘花を撫でられた時は、反射的に体が竦んで目を閉じた。そこに異物が挿入る時の痛みを、まだ覚えている。恐怖に震える沙保子の耳に、深い吐息が聞こえた。

「――やめておく」

不意に、明臣が離れた。僅かに乱れた息の下、沙保子が目を開けると、先程はだけられた夜着の胸元を、きちんと直される。

「……明臣、さま？」

沙保子の問いかけに、明臣はそのまま身を離して寝台に横たわった。

「気が乗らない相手を抱く気はない」

「それ、は」

「無理強いするつもりもない。君が嫌だと言う前にやめておく」

妻としての務めを拒んだことになる、と俯いた沙保子に、明臣こそ拒むように背を向けた。

「わたくしは」

「責めていない。俺が性急だっただけだ」

自嘲気味な言葉に、沙保子は何も言えなくなった。

嫌だったわけではない。初めての時は閨事など知らなかったから、明臣にすべて委《ゆだ》ねることができた。

肌を重ねる、その行為を知った今は、ただ恥ずかしかっただけだ。

けれど、それをどう伝えればいいのかわからない。

俯いた沙保子は、明臣の背を見つめることしかできなかった。

――広い寝台の端と端。三人分ほどの距離が、今の二人の心の距離だった。

＊＊＊

今日は、東院銀行ではなく東院重工への出社だ。明臣は取締役を務めているが、こちらは父が力を入れていることもあり、あまり出向くことはない。月に二、三度ほどだろうか。

仕事で英国を訪れた際に誂えたスーツを纏い、自動車に乗って会社に向かう。手元に資料はあるが、揺れる車内では読みづらい。役員室で読むことにして、革鞄《かわかばん》の中にしまった。

（昨日は、言い過ぎた上にやり過ぎたか）

窓の向こうに流れる風景を眺めながら、そっと反省する。

どうも、沙保子を相手にすると必要以上に冷たい口調と態度になってしまう。高等女学校を卒業して四年、沙保子が秋津貿易を切り盛りしてきたのは、並大抵の努力ではないだろう。世間知らずのお嬢さまと侮られながら、男装してでも男社会の経済界で生き残ってきた気概は、認めるべきだとも思っている。

ただ、気に入らないのだ。

沙保子が、ひたすらに秋津家の為に尽くすことが。それを当たり前だと――むしろそうしない自分に価値はないと思い込んでいる様子が、気に入らない。

もう、十分に報いたではないかと言いたい。祖父亡き後、兄に出奔されながらも商才のない父を助け、女の身で秋津家と秋津貿易を支えている。父親の散財で抱えた負債の為に、金で買われる結婚すら受け入れた。それ以上を求められる謂れはないだろうに、沙保子は愚直に家の為に尽くそうとしている。

嫁いだからには、東院家を優先しろと言いたいのではない。明臣は金で沙保子の「家柄」を買った。いずれ跡継ぎを産んでくれれば、それでいい。それ以上は望んでいない。

そのはずなのに——あまりにも滅私奉公するような沙保子の姿に、苛立って仕方ない。そう思いながら、秋津貿易の為に汐見を紹介したり、栗生夫人と引き合わせてやった自分の行動も理解できない。いっそ、秋津貿易がなくなれば、沙保子は明臣だけのものになるだろうか。

「……」

明臣は、口元に手を当てた。不意に浮かんだ思考に、自分でも驚いた。

(俺は)

——沙保子が自分のものにならないことに、苛立っているのだろうか。嫁いでも「秋津」に囚われていることが、我慢ならないほどに。

昨夜もそうだった。沙保子の体が恐怖に竦んだことに、傷ついた。——怖がらせるつもりなどないのに。明臣はただ、沙保子が欲しかっただけだ。

（欲しかった？）

浮かんできた思考に混乱した。沙保子に惹かれる要素などなかったはずだ。沙保子の容姿も家柄も、東院家の妻として好ましい。それだけだ。

そう自分に言い聞かせるのに、明臣の脳裏に浮かぶのは沙保子のことばかりだった。いつも俯いて控えめな沙保子が、稀《まれ》に見せる感情すべてを覚えている。笑顔も、戸惑った顔も、怒りに耐える顔も。

明臣の前では男装しないよう気をつけていることは知っていた。その心配りが他人行儀で、また苛立つ。

――妻、なのに。

経緯はどうあれ、沙保子は明臣の妻だ。なのに、祖父の言葉に囚われたままだ。身も心も、明臣のものであるべきなのに。

そんな自分にこそ戸惑い、明臣は昨今の自分の行動を思い返した。

まず、栗生家の夜会に、沙保子を連れ出した。沙保子を伴えば、金で買った妻をひけらかしていると陰口を叩かれるのはわかっていたから、明臣一人で行ってもよかった。あの場に、秋津家の名を使って繋ぎを取りたい相手はいなかった。

けれど、沙保子を伴った。東院家の為でなく、秋津貿易の為に。正確には、沙保子の為に。

次に、汐見に連絡したのも沙保子の為だ。経営を専門的に学んだわけでもなく、経験も浅い沙保子には、師事できる経営者が何より必要だと感じたからだ。

明臣が直接教えるわけにはいかない。妻の実家の為にそこまでしたら、さすがに父が黙っていない。だから、父が見逃す限界を見極めて、汐見を招聘した。

そして、最後に。沙保子を縛るもの——和紘から聞いていた、祖父の言葉を否定した。沙保子は憤っていたようだが、秋津和将の真意とやらを知らない明臣から見れば、彼の言葉に沙保子は縛られている。それが沙保子の意志だというなら、受け入れてもいいが。

そこまで考えて、明臣は更に戸惑った。妻は夫に尽くすものなのに、明臣の方が沙保子に尽くしている。その理由は、好かれたいという欲求ではなく、ただ沙保子が生きやすいようにしてやりたいだけだ。

——無償の、見返りを求めない行動を取っていた自分に気づき、愕然とした。

そんなもの、明臣にとっては未知だ。何事にも対価は必要で、沙保子を迎える為には金を用意した。金を払って手に入れた妻に、愛など無意味だ。

なのに、無意識の行動は、東院家ではなく沙保子の為だった。

栗生夫人に繋がりを持った沙保子が、嬉しそうに礼を言うのがいじらしく——愛《いと》おしいと想うようになっている。

(今更)

結婚して一月以上経過した今になって、自覚しても遅い。利害の一致というより、一方的に金で買い叩いた妻に恋をしたなど、馬鹿馬鹿しすぎて笑いも出ない。

「……」

明臣は低く呻いた。どう言い訳しても、一度恋を自覚してしまえば、後は坂を転がるように深みに堕ちていくだけだ。

もっと早く、せめて結婚の前に気づいていればよかった。それなら、ゆっくりと沙保子に恋をし、愛される努力もできた。

いや、それでも遅いだろう。明臣は、沙保子に「君を愛することはない。俺を愛さなくてもかまわない」などと言い放ってしまっている。今更、愛してほしいなどと都合のいいことは言えない。

そして、沙保子に惹かれたのは、彼女を知ってからだ。結婚してから知ったことが多くて、婚約中は、物珍しい令嬢だとしか思っていなかった。だから、時を巻き戻せたとしても、明臣は失敗する。沙保子の好意は得られない。

けれど、沙保子が愛おしいと自覚してしまった。不器用な生き方を愛しいと想うし、一人で会社を支えようとする姿を見れば、何とかしてやりたいと思う。

「……どうすれば」

手に入るのか。沙保子の心は。

体は、明臣のものになっている。今後手離すつもりはない。だが、心は——政略結婚で手に入るものではない。つまり、明臣が努力するしかない。

だが。

(……さっぱりわからない)

今まで、人に好かれる為の努力などしたことがない。他人の好悪の感情などどうでもよかった。必要なのは、役に立つかどうかだけだ。誰かの心まで欲したことはない。

けれど沙保子には好かれたい。愛しいと想う相手には、そう想ってほしくなるものだと初めて知った。

なのにその方法がわからない。経営も取引も駆け引きも、この問題の前では無力だ。

明臣は考え方を変えることにした。沙保子に愛される為ではなく、自分が沙保子にしてやりたいことをする。

まずは、沙保子が抱えている問題——栗生夫人からの依頼について、手助けできることを探す。沙保子が一人で解決する可能性もあるが、頼られた場合、すぐに支えられるように。

——会社に着いたら、急ぎの仕事を片づけて。それから、栗生伯爵と夫人について調べさせよう。

そう決めて、明臣は背もたれに体を預けた。

＊　＊　＊

「汐見雄三と申します」

応接室に入ってきた男は、老年と言っていい歳頃だった。眼光は知性を湛え、強く真っ直ぐに沙保子を見据えている。

「東院沙保子です。どうぞ、お掛けください」

椅子を勧めた時、女性社員が茶と茶菓子を持ってきた。それが低いテーブルの上に置かれた後、沙保子は向かいに座った汐見を見つめた。

きちんと整えた髪と髭、スーツは清潔感があり、縦にも横にも大柄な汐見を好々爺《こうこうや》に見せている。自分をよく見せる装いを理解した、理知的な男なのだろうと推測できた。

「単刀直入に伺います。汐見さまは、当社の経営に参加してくださるのですか」

すぱりと切り込んだ沙保子に、汐見は少し目を瞠り、軽く頷いた。汐見は明臣の紹介だが、正式なものではない。鵜《う》呑《の》みにはできないので、事前に人を使ってその経歴を調べてある。申し分のない経営能力だった。

「当社からは、汐見さまが今までに手がけられた事業ほどの報酬は出せません。それでもよろしいのですか」

「金は十分にあるのですよ。無論、いただけるものなら、自分を安売りはしませんが」

茶を啜りながら、汐見はゆったりと笑んだ。何か奥深いものを含んだ笑みだが、下卑たいやらしさはない。

「わしは、東院家に借りがあるのです。その東院家が頭を下げてくださったのに断ったとあっては、日本男児の名が廃《すた》る」

「……頭を下げられた……？」

「若さまの方が、ですな。――以前、わしの会社で持ち逃げがありまして。そういう時に限って、いい話が持ち込まれた」

　コトリと茶器を置いて、汐見は懐かしそうに目を細めた。

「だが資金がない。この話に乗れば、一万円が二十万円になろうかという話でした。だというのに、その時、わしの手元には千円もなかった」

「それを……明臣さまが？」

「はい。御一存で、五万円を融資してくださった。わしを見て『あなたが勝ち目があると思う話なら、乗らぬのは馬鹿でしょう』と……初めて会ったわしを、何の保証もないのに見込んでくださった」

　沙保子が融資を申し入れた時とは大違いの対応だが、それは汐見と沙保子の経歴の差なのだろう、と納得せざるを得ない。

「九州の、石炭の採掘場のお話ですか？」

「ご存じでしたか」

破顔し、汐見は何度も頷いた。沙保子が調べさせたところ、明治から大正に移り変わった頃に、汐見は九州で大規模な炭鉱を購入している。その直前に会社をいくつか手放していたが、それは金子を持ち逃げされた為だったのかと得心した。

「汐見さまの経歴は、調べさせていただきました」

「はは、若さまから伺ったのかと思いました」

何気ない一言に、沙保子はぎこちなく微笑んだ。そんなことを打ち明けてもらえるほど、明臣との間に信頼関係は築けていない。彼にとって、沙保子は「金で買った妻」でしかないのだから。

「その金のおかげで、わしは炭鉱を買うことができた。石炭は掘れば掘るほど金になる。黒い宝石とはよう言ったもので、借りた五万円は予定より早くお返しできた」

「そんな大金を、ですか？」

「あの若さまは抜け目がない。わしに融資するだけではなく、炭鉱の出資者として採掘権を買うこともなさっていた。だからわしは、とにかく石炭を掘り、できるだけ高く売りつけて、一日も早く採掘権を買い戻さねばならんかったのですよ」

呵々《かか》と笑って、汐見は今度は茶菓子を食べた。秋津家が昔から贔屓《ひいき》にしている和菓子屋の上生菓子は、汐見の口に合ったらしい。満足そうに頬張っている。

「それが、恩義ですか」

「そう。無担保で信用してくれて融資なさったくせに、しっかりと実利は取っている。あの方のそういうところが、わしは何とも好きでしてな」

だから、と汐見は懐紙で口元を拭《ぬぐ》った。ひた、と沙保子を見て居住まいを正す。

「若さまが『妻を助けてやってほしい』とおっしゃったからには、粉骨砕身、こちらで務めを果たしたい」

「汐見さまは……お給金より、大切なものがおありなのですね」

「申し上げたでしょう。金には困っておりません。よって、己の好きなようにできる。金がなければ、不本意な仕事をせざるを得んでしょうがな」

汐見のその言葉は、沙保子の胸に刺さった。

金がないゆえに、沙保子は愛していない相手と、愛されてもいないのに結婚したのだ。政略結婚は当たり前だと思って育ってきたが、やりきれない気持ちはある。

「汐見さま」

煩悶《はんもん》を振り払うように顔を伏せ、沙保子は汐見の前で頭を下げた。

「小さな会社ですが、私にはとても大切なのです。どうぞ、お力添えくださいませ」

「ご令室《れいしつ》、お顔を上げてくだされ。あなたさまにまで頭を下げられては、わしは若さまにどれほどのことを望まれるやら」

慌てながらも茶化した物言いをする汐見に、沙保子は乞われるまま頭を上げ、小さく頷いた。

屈託のないこの男の人柄に、信頼と好感を持ったのは事実だ。

「資金は、今のところ余裕がある……と思います。一度帳簿を見ていただいて、力を入れるところや改善点などをお教えください」

「微力ながら、この身を尽くします」

それから、と沙保子は言葉を継いだ。今のところ最優先の問題を相談する。

「日本の美術品を売り、西洋の品――貴族的な、美しい品を買う。そういう伝手が欲しいのです。当社は東洋に力を入れてきた為、西洋諸国とは繋がりが弱いものですから」

沙保子は、蓉子から預かった「売ってもいい美術品」の一覧を見せた。汐見はそれを覗き込み、低く唸《うな》る。

「……あまりぱっとしませんなあ……」

「価値は問いません。できるだけ、美しい品と交換したいとのご依頼なのです」

「それを果たして、こちらの会社が得る利益は何でございますか？」

「栗生伯爵夫人の信用と、今後の人脈です」

ふむ、と汐見は目録に視線を落としながら呟いた。

「つまり、新しい商売になり得ると？」

「商売というほどの規模にはなりません。すべての華族夫人にご依頼いただいたとしても、数百程度。ただ、叶えれば、当社への評価は高まりましょう」

「実利を捨てて名を取る、ということですな。結構、結構。わしが今までやってきたやり方とは真逆で、面白い」

何度も頷き、汐見は「心当たりを探ってみる」と約束してくれた。雇用の契約書は三日後に交わすことになったので、沙保子はその雛形を作らねばならない。

「契約までに、わしが有能である証明をいたしましょう」

そう笑って、汐見が帰る。それを玄関まで見送った沙保子は、屋代の手を借りて雇用契約書の雛形の下書きを作り始めた。

――西の空が茜色《あかねいろ》に染まる頃、沙保子は新しく用意された専用の自動車に乗り、東院邸に戻った。自室に入って、昨今の流行を調べる為に、雑誌や新聞に目を通す。

蓉子の希望を叶えるには、あまり着回しできないドレスより宝飾品がいいかもしれない。パリュールという、宝飾品一式を組にしたものがヨーロッパにはある。首飾り、耳飾り、それに指輪と髪飾り。同じ宝石と意匠で造らせたもので、貴婦人の嗜みだという。

もしくは、客に見せることができる茶器。日本のものとはまったく違う、華やかに美しい茶器を一式揃えるのもいいかもしれない。ヨーロッパの王室御用達の窯《かま》のものなら、蓉子も納得するだろう。

思案を巡らせながら、沙保子は予算の当たりをつける。蓉子が手放してもいいと言っているのは、花器と屏風《びょうぶ》と絵巻物だ。嘉永や明治の頃は、欧米ではジャポニズムが人気だったと聞くが、今はどうだろうか。相応の品でないと、好事家《こうずか》も手を出さない気がする。

蓉子の目に適いそうな品を検分し、またそれを安価、もしくは等価で手に入れるのはなかなかに難しい。

ふう、と息をついた時、扉の向こうから人の話し声が聞こえた。使用人達は声を立てて話すことはないので、明臣が帰ってきたのだろう。時間を忘れて没頭した為、出迎えも着替えも頭から抜けてしまっていた。

急いで髪と服が乱れていないか確かめ、夫婦の部屋に入る。ほぼ同時に外扉が開き、明臣が入ってきた。

「お帰りなさいませ。お出迎えできず、申し訳ございません」

「かまわない。君も仕事をしているのだから、無理はしなくていい」

明臣の後ろには、鞄を抱えた黒部が付き従っていた。明臣が椅子に座ると同時に、沙保子はその鞄を黒部から受け取る。

「お務め、ご苦労さまです」

「いえ。明臣さま、明日の朝、お迎えにあがります」

「わかった。ああ、俺と沙保子は夕食はここで摂る。美哉か琴に伝えてくれ」

「かしこまりました。――では」

黒部は、執事のような仕種で場を辞していった。沙保子は、抱えていた鞄をテーブルの上に丁寧に置いた。

「汐見と会ったか？」

「あ、はい。お会いしました」

そこで、沙保子は礼を言いそびれていたことに気づいた。汐見ほどの経歴の主が秋津貿易に関わってくれるのは、明臣が頭を下げて頼んでくれたからだ。

「明臣さまが、お心遣いくださったと伺いました。ありがとう存じます」

「別に、何ほどのことではない。君が守りたいものが廃れるのを見ているだけというのは、些《いささ》か寝覚めが悪い」

その言葉に、沙保子は少し驚いた。今までの明臣ならば、「君がその身と引き換えにした」と皮肉の一つでも言いそうなものだ。

だが、今、明臣が口にした言葉には純粋な労りが感じられた。そのことが嬉しく、同時に不思議でもあった。明臣の優しさは沙保子にはわかりづらいものが多く、こんなにはっきりした形で示されるのは初めてかもしれない。

「――沙保子？」

驚きのあまり、数瞬、動きが止まっていたらしい。怪訝《けげん》そうな明臣に、沙保子は何でもないと答えた。

「何か困っているなら、言いなさい」

沙保子の逡巡を見抜いたように、明臣は静かな声で言った。命じる言葉なのに、気遣うようなやわらかな口調だった。

「……今は、まだ」

沙保子は素直に答える。まだ、困ってはいない。汐見と話し、蓉子の希望を叶える為の伝手を得る時に、明臣を頼ることになるかもしれないが、それは今ではない。

「そうか。……一人で抱え込まないようにな」

そう言って、明臣は立ち上がった。そのまま、沙保子の腕を取る。

「明臣さま？」

「細い腕だな」

男物の襯衣《シャツ》の上から腕を掴まれ、沙保子は戸惑った。明臣が何を言いたいのかわからない。

「この細腕だけで、秋津家と秋津貿易を支える気か」

「難しいことは、よくわかっております。此度《こたび》も明臣さまにお力添えいただきました。それでも、わたくしは」

「祖父君の言いつけを守りたいのだろう？　わかっている」

仕方なさそうに呟き、明臣は沙保子の腕を離した。代わりに、束ねた髪を掬い取る。

「俺にできることなら協力する。だから無理はするな」

「……」

唐突な優しい言葉に、沙保子は茫然《ぼうぜん》と明臣を見つめた。その視線を受け止め、明臣は忌々《いまいま》しそうに告げる。

「妻に信頼されない夫というのは情けないがな」

「い、いえ。そうでは……明臣さまを信じていないのではなく」

慌てて否定し、沙保子は言葉を探した。今の気持ちを過不足なく表す言葉を。

「驚いて、しまいました」

「何故《なぜ》？」

「……わたくしが、女の身で仕事をすることは、誰もが眉を顰めます」

父と母は勿論《もちろん》、今は手伝ってくれている屋代すら、最初は反対した。嫁ぎ先が見つかるまでは花嫁修業をすべきで、仕事などとんでもないと言われた。

「俺は気にしないと言ったと思うが」

「はい。……申し訳ございません、お言葉を信じきれておりませんでした」

謝った沙保子に、明臣は気を悪くした様子もなく頷いた。

「まあ、秋津家の令嬢が男装して仕事、とはな。外聞がよくないのは確かだ。……が」

小さく笑って、明臣は沙保子の髪を撫でた。どこか躊躇うような繊細な触れ方が、却って沙保子の羞恥心を刺激する。

「東院の妻なら話は別だ。働いていても問題ない。君は、今は俺の妻なのだから、働くことを恥じる必要はない」

「……はい」

「上流の夫人は着飾って茶を楽しむものだろうが、君に押しつける気はない。仕事と家の為に必要な時だけは、そう振る舞ってほしいが」

そっと沙保子の髪を指で梳いた後、明臣の手が離れた。それを寂しく思った自分に戸惑い、沙保子は明臣を見上げた。

「君は、君らしく在ればいい」

その言葉は、沙保子の心の深くにある脆《もろ》い部分を優しく包み込んだ。張りつめていた気持ちが、ふっと軽くなった感じがする。

「……ありがとう存じます」

沙保子が微笑むと、明臣も口元に緩い笑みを刷いた。穏やかな笑みに、沙保子の心臓はとくりと跳ねる。

知らず胸元を押さえた時、自分が男装のままだと思い出した。明臣の前では、できるだけ男装しないように気をつけていたのに、と反省する。

「明臣さま。少し失礼して、着替えてきてもよろしいでしょうか」

「今から？　もうすぐ夕食だ。食事の後は入浴だけだろうに、いちいち着替えるなど煩《わずら》わしいことはしなくていい」

「ですが」

見苦しいのではないかと問いたくて、けれど口にできなかった。明臣の口から、厭わしいと告げられたくないと思ってしまう。

そんな自分の心情が理解できず、沙保子は微かに顔を伏せた。

「君は、洋装も和装もよく似合う。男装していても可愛らしい。たまにはそんな姿を見るのもいい」

「その、お見苦しいのではないかと」

「背徳的で、悪くない」

くすっと笑った明臣に、沙保子はぽかんとして——次いで、真っ赤になった。揶揄《からか》われている、と恥ずかしさが込み上げる。

「揶揄なさるほどお気に召さぬのなら、すぐに着替えますから」

「別に、お気に召さぬこともない。禁欲的で、そそられる」

そう言って、明臣は沙保子の唇に軽く触れた。沙保子が瞬き一つする間に、そっと離れていく唇は温かく優しかった。

「……明臣さま！」

不意のことに、頬を紅潮させた沙保子が抗議すると、明臣は楽しそうに笑う。屈託のない笑い方に、悪意や邪気はまったくない。だからといって、受け入れるには刺激が強すぎる。

「夕食もまだなのに、襲ったりしないから安心していい」

「そういう問題では……」

そもそも、明臣が望むなら閨を共にするのは当然のことなのだ。沙保子は、彼の妻なのだから。ただ、恥ずかしさが勝っている。

「それより。――本当に、俺が君の助けになることはないか？」

不意に真剣さを増した落ち着いた声で問われ、沙保子は今度は素直に答えることにした。

「あの、蓉子さま……栗生伯爵夫人のことですが」

「ああ」

「どのようなものをお好みか、わからないのです。ドレスか、宝飾品か、それとも茶器か、もしくは絵画なのか。ただ、美しいものがよいと仰せでした」

「美しいもの、か。それなら、彫刻や楽器もあるな」

再びソファに座り直して、明臣は思い出すように目を閉じた。秀麗な顔が、つくりもののように無機質な美しさを増す。

「栗生家は大名華族だ。日本の茶器や花器、絵画はもう見飽きているだろう。伯爵は先進的な方だから、奥方が西洋の流行《はやり》の品を持つことは喜ばれると思う」

抜け落ちていた視点を指摘され、沙保子は頭の中に知識を叩き込んだ。蓉子自身だけではなく、その夫である栗生伯爵の気に入ることも重要なことだった。

「それらを考えると、日本の技術と西洋の技術の融合がいいだろうな。養殖真珠の宝飾品や、西陣織で作ったドレスならお気に召すのではないか」

　養殖真珠は、先年発表された技術だ。真円の、天然真珠と遜色ないものができたと聞いている。それを使った宝飾品と、西陣織《にしじんおり》のドレス。損をしてでも美しいものがいいと言った蓉子の希望にも叶う。

「細工職人に伝手はあるか？」

「いいえ……工房などを探せばよいのですか？」

「なら、そこは汐見に任せるといい。有能な男だ」

　ふわりと笑った明臣に、沙保子は疑うことなく頷いた。理由はわからないが、明臣が協力してくれていることは事実で、それが何ともいえず嬉しかった。

5.

三日後、沙保子は汐見と雇用契約を交わした。期間は五年。まずは経営の見直しから始めることになっている。

「そうそう、こちら。栗生伯爵夫人からのご依頼の件ですが」

汐見は、先日渡した目録を書き写し、そちらに朱書きを入れたものを見せた。

「この赤い数字が、わしが予想する売値です。無論、これより高く売りたいとは思っておりますが……ご令室は……」

そこで言葉を切り、汐見は沙保子を見て困ったように頭をかいた。

「……ご令室のことは、何とお呼びしたら？」

「沙保子、と」

「いや、お名を直接というのは、若さまに申し訳が立ちません」

「では、代表と呼んでください」

既に父には会社の権利はなく、結婚と同時に沙保子が代表の座に就いた。社長は汐見に務めてもらい、副社長は屋代を据えることにしている。

「わかりました。代表は、栗生夫人は何をご希望かおわかりですか？」

「とにかく美しいものをとおっしゃっていましたから、養殖真珠を使った宝飾品と、西陣織で作ったドレスをと思っています」

明臣の助言そのままの答えだが、汐見はそれはいいと同意してくれた。

「養殖真珠はこちらで手に入れ、フランスの工房に送って細工してもらいましょう。西陣のドレスも、同じように」

「はい」

「真珠はわしが手配しますが、華族のご夫人がドレスにするような紋様はようわかりません。代表にお任せしてもよろしいですかな」

「やってみます」

沙保子も衣装の流行には疎《うと》いが、ドレスにしたら映えそうな生地を選ぶくらいはできなくてどうする、という気持ちだった。何もかも汐見に任せてしまっては、蓉子からの依頼を成し遂げたことにはならない。

明臣の知恵を借り、汐見の手を借りて、それでも「沙保子が」果たさねばならない依頼だ。

「予算は……そうですな、あちらでの細工や加工賃も必要ですから、生地に使えるのは百円か二百円といったところでしょう」

「二百円」

沙保子は思わず反復した。西陣織の良い反物が、そんな価格で手に入るだろうか。間違っても、無理だったとは言えない。最悪の場合、沙保子が赤字補填するべきか。

そう思った沙保子の心を見透かしたように、汐見が釘を刺した。

「足りんとしても、こちらが金を出してはなりませんよ」

「え……」

汐見は、真剣な顔で沙保子を見つめ、諭《さと》す。

「予算は二百円。それに収めるよう努めるのが商売人です。あなたさまは華族でいらっしゃるが、この秋津貿易の『代表』である以上、その自覚もお持ちください」

「大切な商談なのです。破談にするわけには」

「無論のこと。破談にならぬよう、手を尽くすのがわしらの仕事です。今回は少しばかり損をしてもいい取引ですが、それを続けるわけにはいきません。最初から『予算を超えてもいい』と思って仕事をすると、値切れるものも値切れません」

そうなっては、秋津貿易に先はない。

ひどく冷静に断じると、汐見は沙保子に「どうしても無理なら、ご相談ください」と念押ししてきた。

沙保子は、考えの甘かった自分を恥じつつも、汐見の言葉を心に留めた。

流行に疎い沙保子が衣装のことで頼れるのは、母しかいない。東院の義母に相談することも考えたが、多忙な人のようなので気が引けた。

汐見との面談を終えた後、秋津家に足を延ばした。挙式以来戻っていなかったが、ほんの一月ほどのことだ。屋敷は、以前と何も変わらない。

「沙保子さま！」

出迎えてくれた佳恵に、微笑んでみせる。

「久しぶりですね。お母上は、今、お手すきですか？」

「先程、お香の会から戻られました」

香を聞いた後なら、母は大抵機嫌がいい。安堵しながら、沙保子は母の私室に向かった。

引き戸を軽く叩くと、誰何の声がかけられる。

「沙保子です」

「沙保子さん？　まあ、どうしたの。お入りなさい」

許可が出たので部屋に入ると、藤色の訪問着を着た母がいた。着替えるところだったのか、沙保子が引き戸を閉めたのを確認し、帯を解き始めた。

「お戻りになったばかりなのですね。申し訳ございません」

「よろしいのよ。それより、どうしたのです。東院家で何かあったのですか？」

「いいえ。少し、お母上にお力添えいただきたくて」

「わたくしに？」

不思議そうに、母が沙保子を見つめる。今まで母に甘えた記憶はないので、驚くのも無理はないと思った。

「とある方のご依頼で、西洋のドレスを作りたいのです」

「まあ、お仕事の話？　そのようなことは聞きたくありませんよ」

「その為には、どのような紋様の西陣織がよいか、ご意見を伺いたいのです」

母の拒絶を聞かなかったことにして、沙保子は自分の要求を告げた。母は着道楽だ。秋津家の財政が傾いたのは、父の散財だけでなく、母の浪費も原因だった。

「西陣織？」

「はい。西陣織のドレスを作りたいのです」

「ドレスなどと。西陣は、お着物にする為のものでしょう」

「やんごとなき方々も、正装は洋装と決めておいでです。最高の品で正装するのは礼儀でございましょう」

逆らえない権威を持ち出した沙保子の言葉に、母は不満そうな、同時に嬉しそうな複雑な表情になった。何やかや言って、反物を見るのは好きなのだ。

「お母上のご都合がよろしい日に、朝から伺います。三国屋《みくにや》に、沙保子を伴っていただけますか」

三国屋は、秋津家の馴染みの呉服屋だ。母は上得意である。溜まっていたツケは、明臣からの結納金で返済してある。

「明日でかまいませんよ。急ぐのでしょう？」

「はい。一から織らせる時間はありませんので、三国屋にある品を購入したいと思います」

「西洋のドレスに西陣とは。沙保子さんは、おかしなことを考えつくこと」

「ご依頼くださったのは伯爵家の夫人ですので、桃色のものがよろしいかと」

まだ納得しかねているらしい母にそう言うと、微妙に眉を寄せた。

「お若い方？」

「四十路には遠い御方です」

「そのようなお歳で、桃色ですか。伯爵家は大変だこと」

そういう母は侯爵家だから、緋色を纏うのだろう。五十路に近い母の年齢を考えたら、桃色も緋色も大差ないと沙保子は思う。沙保子にとっては、どちらも着るには勇気がいる色でしかない。

取りあえずは約束を取りつけたので、明日三国屋で反物を選ぶことにして、沙保子は実家を後にした。

帰宅し、自室に入った沙保子はまず着替えた。筆を執り、蓉子に充てて手紙を書く。

西陣織を使ったドレスと、養殖真珠の装飾品を作らせようと思っていること。蓉子の希望の意匠やドレスの格があれば参考にしたいこと。また不躾だが、服の寸法を教えてほしいこと。それらを綴り、丁寧に封蝋《ふうろう》をして使用人に託した。

ふう、と息を吐いたところに、菊音が飲み物と甘味を持ってきてくれた。温かい緑茶と羊羹だ。羊羹を切り分けて食べると、濃い甘さが舌に乗る。疲れているのか、甘いものがいつもより嬉しかった。

華族の女性は、洋装するのは夜会や晩餐会、舞踏会が主だ。普段は着物で過ごしている彼女達の目を惹くドレスとなると、沙保子にはさっぱりわからない。専門家に一任するのがいいだろう。

そして、西洋のものなら、本場で作る方がいい。ヴィジティングドレスを注文するつもりでいるが、蓉子からの返信次第ではローブデコルテになるかもしれない。

注文先は、英国にするか、それとも宝飾品に合わせてフランスか。汐見はそういった知識はあるだろうか。なかった時に備えて、沙保子もできるだけ調べておかなくてはならない。

だが、夜会や舞踏会に殆ど出席したことのない沙保子には、流行というものはわからない。西洋で流行《はや》っているものが、日本にも受け入れられるとは限らない。

そこまで考えて、沙保子は明臣の言葉を思い出した。

『俺にできることなら協力する』

確かに、そう聞いた。明臣は、華族の夫人達が集まる夜会には何度となく出席している。細部までは覚えていなくても、印象に残ったドレスがあるなら、それを参考にしたい。

（……でも）

甘えていいのだろうか、と躊躇う。ただでさえ、東院家ではなく秋津家の為の仕事を許してもらっているのに。その上、明臣の時間を取ってしまうのは、図々しいのではないか。

——自問自答しても答えは出ず、いつしか明臣の帰宅時間になってしまった。沙保子は急いで部屋を出て、玄関に下りた。

「若奥さま」

琴と菊音、それに美哉が振り返ってお辞儀をする。間に合ったと安堵した時、車の排気音が聞こえた。

「お帰りなさいませ」

執事が開けた扉から入ってきた明臣に頭を下げ、鞄を受け取る。

「沙保子。出迎えはもういい」

明臣にそう言われ、沙保子は固まった。理由はわからないが、機嫌を損ねてしまった——俯いた沙保子に、明臣は慌てたように言葉を継いだ。

「君も忙しいだろう。仕事をしているのだから。母上も、ここまで下りて父上を出迎えることはない。君も部屋で待っていればいい。——皆も、そう心がけてくれ。沙保子に負担を強いるな」

「かしこまりました」

その場にいた使用人を代表し、黒部が答える。他の使用人達が礼を取る中、明臣は沙保子の腕を取った。

「食事は部屋で摂る。いや、父上達と摂る場合は改めて言うから、今後は、特に指示がない時は俺と沙保子の分は部屋に運ぶように」

「かしこまりました」

今度は琴が答えた。明臣は沙保子をエスコートするように歩き始める。歩幅を沙保子に合わせながら、小さく囁いてきた。

「煩わしいことはしなくていい。君は、今が正念場だろう」

大きな両階段を上りながら、明臣は沙保子を気遣ってくれている。

「ですが、妻として」

「先程も言ったが、毎日の帰宅の出迎えなど、母上もしていないことだ。君に強制するつもりはない。今までは君の気遣いに甘えていた」

そこまで言われては、沙保子も我を通すことはできない。ただ、誤解してほしくなくて口を開いた。

「わたくしは、無理はしておりません」

「沙保子?」

「明臣さまは、わたくしに無理強いなさったことは一度もございません」

事実だ。嫌なことを強いられたことはない。明臣は沙保子の拙さを窘めることはあっても、嘲笑しない。だから、彼といる時間、沙保子は落ち着ける。

結婚前は、外では男装して気を張り、家では両親が散財しないよう目を光らせていなくてはならなかった。今は、仕事は汐見という導き手があり、嫁いだ家——東院家では自由にさせてもらっている。穏やかな時間は、沙保子から少しずつ虚勢を削いでいった。

少し驚いている風の明臣に手を取られたまま二人の部屋に入り、火を入れたマントルピースの前でソファに座る。明臣の鞄を所定の場所に置いて、沙保子はもう一度自分の気持ちを告げた。

「わたくしは、こちらでの暮らしで何かを無理強いされたことはございません」

「……そうか」

沙保子の言葉に、明臣が破顔した。常に見せていた微笑みとも、初めて会った時の笑顔とも違う——素直な、屈託のない笑みだった。

優しい表情を向けられて、沙保子は胸が高鳴ったことを感じた。が、それが意味するところはわからない。

ただ、明臣を見つめるのがひどく恥ずかしくて俯いた。けれど、明臣に訊かなくてはならないことがあったと思い出す。

「あの、明臣さま」

「何だ？」

明臣が、軽く首を傾げて問う様は実に典雅だった。秋津の両親は東院家を成り上がりだと言うが、明臣の所作は公家よりも美しく、姿勢は武家よりも凛然《りんぜん》として見える。

「栗生伯爵夫人のご依頼のことなのですが、ご相談してもよろしいでしょうか」

「俺が役に立つと君が思うなら、使えばいい」

夫を道具のように扱う妻などいない。明臣の言葉に、沙保子は目を瞠った。

「そんなに驚くことか？　君に必要なことなら、俺を利用すればいい」

「そのようなことは」

いたしかねますと呟いた沙保子に、明臣は楽しげに笑った。透明感のある笑い声に、沙保子は何故かほっとした。

「君は真面目だな。常に誠実に在ろうとするのは大切なことだが。……それで、俺に何を訊きたい？」

「あ、はい。西陣織のドレスですが……今、上流のご婦人方にどのような意匠が好まれているか、明臣さまはご存じありませんか」

「流行の型なら、いくつかある。うちでも取り扱っているから、それを参考にしてもいいが」

綺麗な長い指を顎に当てると、明臣はそこで言葉を切り、沙保子を見つめた。

「ドレスは、日本で作るより欧州の方が質がいい」

「はい。汐見さまの伝手で、フランスの工房をと思っています」

今日決めたことを沙保子が説明し、明臣は納得したように頷いた。

「流行の型より、定番のものがいいと思う。作らせている間に流行が変わったら目も当てられないからな」

「あ……さようでございますね」

急いで作ってもらっても、ひと月はかかるだろう。更に輸送の日数も必要だ。そうしている間に、日本の社交界での流行が変わる可能性はある。

「伝統的なヴィジティングドレスでも、西陣織を使えば目新しいものになる。意匠まで流行に合わせたら、一度か二度着たら使えなくなりかねない。栗生家は裕福だが、伯爵は、夜会毎に奥方のドレスを新調させるような御方ではない」

「はい」

明臣の言葉を受け止めながら、沙保子は心の中に書き留めた。夫人だけでなく、夫にも気に入られること。それが大切なのだ。

「あまり奇を衒《てら》わない意匠で、一部に西陣織を活かすものがいいのではないかと思う」

「はい」

沙保子は、ドレスの意匠には疎い。和服も、母に見立ててもらうだけだった。奇抜ではなく伝統的なもの、そこに一つ二つの強調を成すことで印象を変えるドレスを注文し、あとの細部は職人に任せる。そんなやり方もあるのだと、教えられた気がした。

「ありがとう存じます、明臣さま」

感謝を言葉にした沙保子に、明臣は首を横に振った。

「礼を言われるほどのことではない」

「わたくしにはない視点、概念でしたから。学びになりました」

「……そうか」

明臣が微かに笑った時、扉の向こうから使用人の声がした。入室の許可を出すと、手際よく夕食の支度を調えられる。

目に鮮やかな料理を堪能し、他愛ない会話を楽しんだ。沙保子にもわかりやすく話題を振ってくれる明臣は、初めて会った頃とは少し違って――冷徹な指摘の中の優しさが、沙保子には心地よく幸せなものになっていた。

＊　＊　＊

東院銀行の役員室で、明臣は今日の新聞を読んだ。先日、沙保子が栗生伯爵夫人に届けた真珠の装飾品と、西陣織をあしらったドレスは社交界で評判を呼んでいる。栗生伯爵夫人は、沙保子にだけ自分の知人や友人を紹介してくれたらしい。おかげで、秋津貿易の業績は少しずつ上向きになっている。それは明臣としても喜ばしいことなので、否やはない。

冷めかけた珈琲を飲んだ時、壁時計が十二時を告げた。ほぼ同時に、黒部が昼食――近くの料亭に作らせた弁当を持ってきたが、ゆっくり味わうことはせずに完食した。明臣にとって、食事は栄養の補給でしかない。その時間があったら仕事を進めておきたい。

――沙保子との夕食だけは、時間をかけて楽しんでいる。仕事もあり、毎日一緒というわけではないので、明臣には密かな楽しみだった。

（……妻との夕食だけが楽しみとは、情けない）

自嘲するが、明臣は沙保子に好かれていないのだから、これ以上を望むことはない。ただ、沙保子が子を産まなくても離縁してやれそうにないと、自分の気持ちを把握している。

ふと机の上に視線を落とすと、いくつかの夜会の招待状があった。さっと目を通して、出席と欠席に分けていく中で、明臣は手を止めた。

「……」

東院家だけでなく、沙保子の仕事に役立ちそうなものは出席に回す。この程度の手助けしかしてやれない。沙保子が明臣を頼ってくれたら、もっと力を尽くすつもりではいるのに。

深々と嘆息し、明臣は次の仕事に取りかかった。

その日、明臣が早めに仕事を切り上げたことに特に理由はなかった。敢《あ》えて言うなら、気が乗らなかったからだ。

　木漏れ日が夕陽に変わる前に、明臣は東院邸に帰り着いた。出迎えた使用人達に尋ねたら、沙保子も帰宅して部屋にいると言う。

　二階に上がり、夫婦の部屋に入った。室内で何か読んでいたらしい沙保子が顔を上げ、明臣を認識して目を瞬かせた。

「明臣さま？」

「ああ」

「え……あの、まだ八つ時を過ぎたばかり……」

　狼狽えている沙保子は、男装を解いていない。早めに会社から戻って、着替える前に何か調べ物をしていたのだろう。それを恥じるように俯き、束ねた髪がさらりと落ちた。

「申し訳ございません」

　着替えてまいりますと立ち上がった沙保子の、細い腕を捕らえた。

「今日は着替えていないのか」

「は、はい。申し訳――」

　もう一度詫びようとした沙保子の唇を、明臣は口づけて塞いだ。突然のことに、沙保子の体が竦んだのがわかる。

「は、るおみ、さま」

唇が離れ、沙保子は驚いて明臣の名を口にした。弱々しく掠れた声は、どこか怯えている。

華奢な肢体を抱き寄せ、明臣は寝室へと足を向けた。その意図を察し、沙保子が戸惑いながら口を開く。

「あの、閨……でしたら、わたくし、着替えて」

「必要ない」

「ですが、このような出で立ちでは……」

「気にしない。どんな姿でも、君は君だろう」

明臣は、沙保子を抱くつもりだった。控えめな男装だが、それが背徳感を醸し出していることに沙保子は気づいていない。

「前にも言ったはずだ。君のそういう姿は、悪くない」

髪を束ねている組紐を解くと、黒絹の髪が零れるようにさらさらと広がった。

「せめて湯浴みを」

「必要ないと言っている」

明臣の手が襯衣《シャツ》の釦《ボタン》にかかり、一つ二つと外していく。はだけられた胸元は、白いさらしが巻いてあった。

「いつも、こんなもので押さえていたのか」

「……っ」

かあっと赤くなった沙保子を抱き上げ、明臣は夫婦の寝室に入った。

「こ、琴さんや美哉さん達が、お夕食を持ってくるのでは……？」

「俺達がここにいるとわかっていて、覗き見るような阿呆《あほう》ではない」

明臣は沙保子の必死の抵抗を受け流し、寝台の上に押し倒して覆い被さった。

「着替え、を」

「何度も言わせるな。俺は、このままでいい。……そそられる」

そう囁いたら、沙保子は羞恥で頬を紅潮させた。その薄紅の唇に、明臣はゆっくりと口づけた。

「拒むな。君は俺の妻だ」

沙保子の唇を食べるように口づけた明臣は、襯衣《シャツ》の釦《ボタン》をすべて外した。半裸になった沙保子の、さらしを巻いた胸を押し、口腔《こうくう》を確かめながら嬲る。

肉厚の舌が沙保子の口内を動き回り、歯列を撫で、内頬をつつく。微妙な触れ方に、沙保子はどう反応していいのか理解しかねているようだった。

明臣の手が背中に廻り、さらしの留め具を外す。するすると簡単に抜き取ったら、白い乳房が露わになった。

外気に晒された胸がふるりと揺れたが、両手を押さえつけられた沙保子は、それを隠すこともできない。それをいいことに、明臣は襯衣《シャツ》を完全に脱がせて、沙保子の首筋に吸いついた。

「……っ、ん……」

消えそうに儚い声が零れ、明臣の耳を打つ。どうして急に、沙保子を抱きたくなったのか自分でもわからない。愛されることは諦めたが、信頼してほしいと思っていたはずなのに。

「……嫌か？」

「え……」

体を離し、沙保子と視線を合わせた。黒目がちの大きな目に、明臣が映っている。沙保子の目に映る自分が途方に暮れた子どもに見えて、明臣は苦いものを噛み締めた。

「君が嫌でも、……俺は君が欲しい」

「明臣さま……？」

「好いてほしいとは言わない。ただ……」

嫌わないでほしいとは、さすがに女々しくて言えない。言葉にできない想いを口内に溶かして、明臣は沙保子の胸元に口づけた。

「ん……っ」

形のいい頭を撫で、黒髪を指先で梳いた。寝台の上にはらりと広がった髪は艶やかで、沙保子の肌をより白く見せる。

鈍色《にびいろ》の洋袴《ズボン》に手を掛けて脱がせると、すんなりとした脚が目を灼く。しなやかな脚を掴み、体を開かせた。

沙保子が羞恥で脚を閉じる前に、その間に体を割り入れる。一瞬遅れて、女性らしいやわらかな脚が明臣の体に巻きついた。

「あ……っ」

かあっと赤くなった沙保子が脚を離そうとした時、その太腿をゆるりと撫でた。手触りのいい肌を愉しむように何度か撫でると、沙保子が両手で顔を覆った。

「顔を隠すな、沙保子」

命じられた沙保子が、恐る恐る手を離す。その唇に口づけ、明臣は彼女の口内を貪った。舌でなめらかな歯を撫で、やわらかな頬の内側をつついた。小さな舌が逃げるのを許さず、掬うように絡め取る。

「んぅ、……っん……」

溢れる唾液を互いに飲み下す度、喉が上下する。沙保子の白い喉に指を這わせながら、明臣は深い口づけを繰り返した。

くぐもった声が漏れ、沙保子は苦しそうだった。が、明臣を拒もうとはしない。拒むなと命じられた為か、それとも彼女の意志か。前者だろうなと思いつつ、明臣は沙保子の耳裏をくすぐった。

「ん、っん……！」

沙保子の体が大きく跳ね、次いで顔を背けようとした。細い頤《おとがい》を捕らえて逃さない明臣に、沙保子はじわりと涙を溜めた。

泣かせたいわけではないものの、沙保子を笑わせる方法など知らない。ただ、愛しいと想う気持ちのままに触れていたい。

「沙保子」

名を呼んで、返事を待たずに襯衣《シャツ》を脱がせた。束ねていた髪を解いた今、彼女が男装していた名残はない。

さらしから解放されてふるりと盛り上がった乳房を揉み、先端が色づく様を見る。ころころと指で転がし、硬くなった乳首を摘まんで弾《はじ》いた。

「つん、あ……っ」

口づけをやめて耳を舐《なぶ》ると、沙保子が小さく震えた。耳裏と、首筋が弱いらしい。そこを集中的に嬲り、吸いついた。白い肌に、薄い緋色の花がぽつりと咲いた。

耳裏と首筋に痕を残しながら、明臣は沙保子の乳房を揉みしだいた。女性らしいやわらかさが、手の中で重たく揺れて弾んでいる。手の指を使って乳房全体を掴むように持ち上げ、時折揺らしながら愛撫を施した。

「あ、ん……んぅ……っ」

耳の裏と胸、両方に与えられる快楽に沙保子が細く啼く。微かな快感に濡れ始めた声が、耳に心地よい。

散々に乳房を弄んだ後、明臣は沙保子の肩に唇を落とした。綺麗に窪んだ鎖骨に向けて唇を這わせると、沙保子の体が戦慄いた。

「ぁ、ん……」

あえかな吐息に誘われ、鎖骨にも痕を残した。そのまま、白いふくらみに吸いつく。右手の指で沙保子の左の乳房を包み、押し戻してくる感触を愉しみながら、右の乳首を口に含んだ。

「あ、あ……っ！」

舌全体でねっとりと包んだ後、尖らせた舌先で押し潰すようにつつく。濡れた先端に息を吹きかけて吸い上げると、沙保子の手が明臣の髪をぐしゃぐしゃにした。

声を殺そうとするのが気に入らず、明臣は口に含んだ乳首に歯を立てた。甘噛み程度のものだったが、沙保子には強い刺激になったらしい。小さな悲鳴を上げ、上半身を弓なりにしならせた。

「ここが弱いな、君は」

赤くなった乳首を啄むように口づけて囁くと、沙保子は涙に潤んだ目で明臣を見つめる。黒い瞳に、今は自分しか映っていないことが、明臣の独占欲を満足させた。

「それから、ここも」

そう言ってくびれた脇腹の線を撫でた明臣の手を、沙保子が反射的に押さえた。

「俺に触れられるのは嫌か？」

我ながら、ずるい訊き方だ。沙保子の立場からも性格からも、はいと頷ける問いではない。

それでも、沙保子の口から拒絶は聞きたくなかった。

「は、恥ずかし……くて」

「どうして。先日、もっと乱れたことをしただろう？」

意地悪く問い返しながら、沙保子の腰から腹部を撫でる。薄い腹に手を当てると、初夜を思い出したのか、沙保子が泣きそうな顔になった。

「恥ずかしがることはない。君は可愛い」

呟いて、明臣は沙保子の恥丘を通り過ぎ、秘められた部分に手を滑らせた。最後まで残っていた下着を脱がせて、秘芯に指を当てる。

「淫りがわしい君も、恥じらう君も――俺が知っていればいい」

俺だけが、と心の中で続けて、明臣は沙保子の中に指を入れた。

「ん……！」

濡らしていなかった為か、沙保子は痛みを堪えるように眉を顰めた。その表情すら煽情的《せんじょうてき》に見えるから、自分はもうどうしようもないと明臣は自虐する。

「痛むか？」

「……すこ、し」

素直に答えた沙保子が愛しくて、明臣は微かに笑った。秘花から指を抜くと、細い腰を両手で抱え、沙保子の秘花に顔を埋める。

「明臣、さま！」

「前も、こうしただろう」

沙保子の羞恥を無視して、まだ硬く閉ざされた花に唇を落とした。唾液を塗り込めながら、花片を開かせる。つうっと溢れてきた蜜を指に絡め、蜜壺の浅い部分で抽送を始めた。

「あ、あ……っん、あ……！」

沙保子の嬌声に隠れるように、くち、と粘り気のある音がする。まだ潤滑《じゅんかつ》に動かすことはできないが、ゆっくりと抜き差しする度に、沙保子の中から愛液が溢れてきた。

高くなっていく嬌声を愉しみつつ、明臣は唇と舌で沙保子の花芯を愛撫した。きつい隘路を押し広げ、指を行き来させながら蜜を啜る。包皮に包まれていた花芽を晒し、ゆるゆると舐めると、沙保子の腰が震えた。

「ん、あ、んぁ……っあ……」

無意識なのだろう、沙保子の両脚が明臣の体を挟み込んでくる。指で緩い抽送を繰り返しながら、明臣はひたすらに淫核を苛んだ。ぬるぬると舌で舐め、指で押し、唇で食む。その度、沙保子が高く啼いた。

「今はこの方が気持ちいいか？」

男を受け入れたのはあの夜だけなのだから、沙保子の胎内はまだ快楽を拾うことに慣れていないだろう。その代わりとでもいうように、他のどこに触れても、沙保子は過敏なほどに反応する。

男を知らない――明臣しか知らない体。その事実に、満足感と征服欲、そして快感が湧き上がってくる。

「ここは？」

蜜路の入り口付近にある、沙保子の弱い部分を擦ってみた。沙保子が声にならない悲鳴を上げ、同時に、そこがきゅうっと締まる。

「達したか？」

「……え……？」

とろんとした声が答え、明臣は沙保子の秘花の蕾《つぼみ》を舐めた。

「まだか。それならいい」

「ん、あ、あ……！」

どうせ達するなら、その瞬間は一緒がいい。先に気をやった方が、沙保子は楽かもしれないが。

そんな明臣の我儘に付き合うように、沙保子の体は愛撫に応える。素直な反応を可愛く思いながら、明臣は沙保子の蜜壺に二本目の指を挿入《いれ》た。

「っ、ん……！」

痛みでも異物感でもない、甘い快感を訴える声に満足し、明臣は指を動かした。狭い膣《ちつ》は指を食いちぎりそうなきつさなのに、どこまでもやわらかい。

最初は軋《きし》みそうだった抽送も、次々と溢れる蜜のおかげでなめらかになった。くちゅり、つぷりと濡れた音がして、それが明臣の官能を高めていく。

十分に解したところで、明臣は自身の洋袴《ズボン》の前を寛げた。襯衣《シャツ》も脱がないまま、沙保子の秘花にそれを添わせ、先端で淫核を擦る。

「あ、あ……！　あ、……んっ……」

沙保子の嬌声が、心地いい。何度か擦り合わせると、明臣の雄の象徴は蜜と先走りで濡れそぼっていた。

沙保子の左脚を持ち上げて肩に乗せ、露わになった花を毟《むし》るように抉っていく。最奥まで貫いた時、大きく息を吐いた。沙保子の方は、ふるふると喉を震わせて快感に耐えている。

「きつい、な」

ざらついた肉襞《にくひだ》が、絞るように絡みついてくる。やわらかくてきつい媚肉の歓待に、明臣の雄はきつく締めつけられていた。

「——ぁ、……っ」

沙保子が声にならない嬌声を零したのを契機に、明臣は律動を開始した。腰を揺らしながら動くと、沙保子の細い指が敷布を掴んでいた。

「沙保子」

「……、は……い……っ」

「縋るなら、俺に」

そう言って沙保子の手を取り、自分の腕に触れさせた。その間も律動していたので、沙保子が反射的にしがみつく。

その反応に満たされながら、明臣はぐっと腰を使って奥深くまで突き、ゆっくりと引き抜く。緩やかに動いた後、素早く抜く。間隔を変えながら突くうちに、沙保子の中が蠕動し始めた。やわらかくも淫らな動きに、明臣は息を呑んだ。最も敏感な部分に淫らな刺激を与えられ、しかもその相手が愛しい女とあっては、自制心など吹き飛びそうだった。

それでも、沙保子を傷つけたくない。できるだけ優しく抱きたいのに、沙保子の体は、いっそ淫乱なほどに明臣を誘惑する。

「本当に……いやらしい体だ」

「……っ」

泣きそうになった沙保子の眦に、口づけを落とす。

「君自身は、頑ななほど貞淑《ていしゅく》なのに。体はこんなにもいやらしい」

腰の辺りから背中まで、言いようのない快感が突き上げてくる。明臣は、沙保子の腰を押さえつけながら、自身を何度も打ちつけた。

「淫らに、俺を離すまいとして――愛されているような錯覚をくれる」

明臣の言葉は吐息に溶け、沙保子の耳には届かなかった。

何度となく最奥を突かれ、穿たれる。沙保子の脳裏には、快楽と、それに溺れる恐怖だけがあった。

「あ、あ……っん、ん……！」

「気持ちいいのか、沙保子？」

問いかければ、沙保子は涙目でこくこくと頷く。幼く見える無垢な仕種が愛しくて、明臣は彼女の前髪を払い、汗に濡れた額に口づけた。

「そうか。――俺も気持ちいい」

明臣は、目の前の沙保子の嬌態に満足しながら、深く奥を穿った。柔襞を蹂躙し、自身の硬い部分で沙保子の好い場所を強く擦る。どくっと溢れた愛液が、快楽の強さを教えてくれた。

「ん、あ……ぁん、ん……あ……」

沙保子の指が、明臣の腕に爪を立てた。そんな微かな痛みも、愛おしい。

「沙保、子」

荒くなってきた呼吸の中、明臣は沙保子の名を呼び、震える唇に口づけた。深く深く貪り合いながら、律動を速めていく。

最奥の更に奥を突いた時、沙保子の体が歓喜の瞬間を迎えた。直後、今までの比ではない強烈な締めつけに、明臣も自身の熱を解放する。

最後の一滴まで沙保子の胎内に注ぎ込んだ後、ずるりと自身を引き抜いた。沙保子はくったりと目を閉じ、意識を失っている。

「……好いているとは、今しか言えないな……情けない」

聞こえていない時でないと、本心を言えない。そんな自分に呆れながら、明臣は沙保子に夜着を着せてから、隣で眠りに落ちた。

6.

その日、沙保子は新しい依頼を受けたところだった。栗生伯爵夫人に収めた品は好評で、彼女から友人知人を紹介されることも多い。先方——沢木《さわき》子爵の屋敷まで赴いて受けたのは、家伝の茶器を売って欧州の茶器を買いたいという夫人からの相談だった。

汐見と相談し、沢木夫人の好みそうな窯元を絞り込む。家族用ではなく来客用だから、品質の高さと趣味の良さが一目瞭然のものを選ばなくてはならない。茶会も茶話会も、上流婦人達の社交場だ。

今回沙保子が選んだのは、白磁に紅薔薇を描き、金で縁取りした繊細なティーセットだ。茶器は十客、沢木夫人の意向次第では二十客の注文になる。殆ど利益のない商いだが、今は先の為に顔を売っておきたい。

それらを手配して東院家に帰宅した後、湯浴みをして——先日の件以来、沙保子は時間がある時は先に湯浴みすることにしている——明臣を迎えた。明臣が脱いだ、上質な黒い外套を受け取り、衣紋掛けに通す。その間、問われるままに一日の出来事を伝える。それが、沙保子の日課になっている。

「沢木子爵夫人か。顔を売っておいて損はないな」

「わたくしには、そういったことはわかりかねるもので……蓉子さまがご紹介くださった御方ですから、粗相のないよう努めるだけです」

「君は真面目だから、大して利のない相手でも懸命に対応するのだろうな」

微かに笑んだ明臣に、沙保子は真顔で頷いた。

「真摯にお相手せねば、わたくしのような『女』を相手にしてくださる御方はいらっしゃいませんから」

「俺は、信頼できぬ男より、信頼できる女性の方が仕事の相手として喜ばしいが」

「皆さまが、明臣さまのようにお考えになるわけではございませんもの」

沙保子の答えに、明臣は視線を向けてきた。形のいい切れ長の目に、面白がるような光が宿っている。

「それは、俺が奇特ということか？」

「わたくしには得難い御方だと思っております」

事実、沙保子は明臣に感謝している。秋津家を救っただけでなく、沙保子の仕事も、何くれとなく気にかけてくれる。蓉子からの依頼を達成できたのは、明臣の助力あってのものだと理解している。

「そうか。君も、俺にとって得難い妻だ」

だから、明臣の言葉に驚いた。自分が明臣に何か返せたとは思えないからだ。秋津家の娘として嫁いだだけで、それ以外は何もできていない。

「わたくしなど、何のお役にも」

「自分を卑下するな。言っただろう、君は君らしく在ればいいと」

「ですが……わたくしは、明臣さまに褒めていただけるほどのことはできておりません」

「何もしなくていい、とは言わないが。君が嫁いでくれたおかげで、東院家の箔《はく》付《づ》けにはなった。今までは露骨に見下されていたのが、陰口程度に収まっている」

「それは……わたくし、お役に立てていないということではありませんか……？」

表立った侮蔑が、陰湿になっただけではないのか。首を傾げた沙保子に、明臣は声を立てて笑った。

「そうでもない。わかりやすい嫌味も受け流さねばならないのは、結構精神が疲れるらしいことに気づいた。それがなくなったら、俺も父上達も随分気楽になった」

それに、と明臣は沙保子を優しく見つめた。やわらかな表情が、際立って整った容姿に温かみを与えている。

「使用人達にも、気配りしてくれている。仕事帰りに、皆に土産を買ったり甘味を差し入れたりして、労働意欲を高めてくれたと黒部や琴から聞いた。俺も両親も、そういった点は気が利かなくてな」

「嫁いだばかりの身で、差し出がましいことをいたしました」

叱責されたと思って頭を下げた沙保子に、明臣が「責めていない」と首を横に振った。本当に、出しゃばったことを咎める気はないらしい。

「秋津家では、そうしていたのか？」

「いえ。父も母も……人を人と思わないところがあると申しましょうか……」

言葉を濁した沙保子に、明臣は頷きを返した。秋津侯爵夫妻の気位の高さは、顔合わせの際に思い知っている。

「わたくしは、自分が使用人であれば、気遣ってくれる主人の方が好ましいと思ったのです。そういった対価を求める考え方はさもしいと、母に叱られましたが」

「利を与えて、忠義を得る。ごく当たり前のことだと思うがな」

「すべてを金子で判じるなど卑しいこと、だそうです」

沙保子が言うと、明臣が呆れたように苦笑した。沙保子も同じ思いだ。今は平安の御代《みよ》と違い、金子がなければ生きていけない。なのに、父も母もそれを「卑しい」と見下している。そんな選民思想が秋津家を傾けたのに、そのことを理解しない。

「その環境で、よく君のような令嬢が育ったものだ」

「祖父が、言っておりました。これからは、金子が力を持つのだと」

「正しいな。そうでなければ、俺は君と出会うこともなかった」

金が身分より力を持つようになったからこそ、沙保子は「侯爵令嬢」という身分を売った。

「同時に、身分にも力がある。だから、東院家は金で爵位を買った」

自嘲するでもなく、諦観でもなく、ごく当然のことと受け入れた声だった。ただ、そこに微かな自己嫌悪が透けて見える。

「明臣さまは」

沙保子は思わず口を開いた。明臣が傷ついているようで、見ていられない。

「後悔しておいでですか。わたくしとの結婚を」

「沙保子？」

「確かに、わたくしは金子と引き換えに嫁ぎました。家の為に生きることがわたくしの務めだと、幼い頃から教えられて育ちました」

思いの丈を吐露する沙保子を、明臣が戸惑ったように見つめている。その黒い瞳が吸い込まれそうに美しくて、沙保子は自分でも気づかなかった想いをぶつけそうになる。

「嫁いだら、夫となった御方に従い、お仕えするのだと……そう育てられました。ですが、明臣さまは、わたくしを気遣ってくださる。わたくしのしたいことをさせてくださり、助けてくださる」

「困っている妻を放置するほど……」

「わたくしの父は、困っているわたくしを放置しておりました」

沙保子がそう言うと、明臣が言葉に詰まる。妻を見放す夫は非道だが、子を見捨てる父も悪辣だろう。

「わたくしは、あの時、明臣さまに救われたのです」

通常ではあり得ないほどの結納金を提示した求婚は、秋津家と秋津貿易を救った。それは即ち、沙保子の心を救ったことになるのだ。明臣がそこまで意図していなくても、沙保子が救われたのは事実だ。

「それでも、俺が君を買い叩いた事実は変わらない」

「金子という形で救っていただいただけです」

譲らない沙保子に、明臣は困った顔になる。どうして困るのだろう、と沙保子は不思議だった。明臣は——自分ではわかっていないのかもしれないが、沙保子にはとても優しい人だ。

つきりと、胸が痛くなる。どうしてわかってくれないのか。明臣は、沙保子にとって——。

そこまで考えた時、頬が熱くなった。

「……沙保子？」

不意に押し黙った沙保子に、明臣が怪訝な声をかける。沙保子は自身の心を押し殺して、強く明臣を見つめた。

「わたくしは、明臣さまに救っていただいた。それだけは、ご理解くださいませ」

胸の奥に湧き上がった想い——恋心を、口にする勇気はなかった。

困らせるだけだ。金で買い叩いた妻からの恋情など、明臣は望んでいない。

上手く微笑むことはできそうになくて、沙保子はそっと顔を伏せた。その仕種が、明臣の誤解を強めるとも思わずに。

汐見と屋代が整えてくれた書類に目を通し、承認印を押す。ほっと息をついて目線を上げると、晩秋の景色が硝子越しに見えた。そろそろ、冬の重く暗い色合いの空になるだろう。沙保子は四季の趣《おもむき》はどれも好きだった。

蓉子からの紹介や沢木子爵夫人の伝手で、秋津貿易の仕事は増えている。もう少し資金に余裕ができたら、販路を広げたり、扱う品を増やすこともできるだろう。

汐見と今後の展開を話し合うことは、沙保子にとって貴重な時間だ。ずっと勤めてくれるわけではないと思うので、彼の知識や経験を少しでも吸収しておきたい。

「代表は、炭鉱を購入することはお考えではありませんかな」

汐見にそう訊かれ、沙保子は秋津貿易の財務状況を思い出しながら考えた。石炭は黒い宝石と呼ばれるほど重要なものだが、炭鉱には事故が付きまとう。その危険性を思うと、安易に手を出せる分野ではない。

「そちらは、東院家が手がけていらっしゃるでしょう。婚家と競合する気はありません」

「東院財閥は、貿易も商っておりますよ。既に競合なさっているのでは？」

「……汐見は意地悪ですね」

苦笑して、沙保子は手の中の茶器を眺めた。薄い煎茶を一口飲み、汐見に視線を移す。

「小さな会社だから見逃してもらえるのです。私は、身の丈はわかっているつもりです」

「資金に余裕はあります。採掘権を買うことは可能ですよ」

「採掘権を買ったとして、実際に採掘する人足《にんそく》をどうやって手配します？　前金を払って、事故に備えて……その費用はどこから？」

沙保子が問うと、汐見は両手を挙げた。降参、と笑っている。沙保子もつられて微笑んだ。

「代表は堅実なご性質ですな。事業拡大の冒険はなさらないということですか」

「言ったでしょう？　身の丈はわかっていると。私には、祖父のような才覚はありません。あなたの助けを借りてさえ、現状維持が精一杯なのです。危険な賭けに出て、会社を潰すのは不本意ですし」

淡々と答えた沙保子に、汐見は同意するように頷いた。

「まだ、わしを雇っていただいたばかりですからな。事業の拡大より、堅実な経営を心がけておきましょう」

「そうしてもらえると助かります。あなたの知見は、とても勉強になりますから」

それにしても、と沙保子は首を傾げた。腑《ふ》に落ちない疑問は、解ける時に解いておきたい。

「どうして急に炭鉱のことを？」

「まあ、試験ですな」

「試験？」

「代表が経営者として、きちんと弁えておいでかどうか。確かに、今の我が社では炭鉱など宝の持ち腐《ぐさ》れになります。が、当たった場合は利が太い。それに惑わされることがない御方かどうか、確かめたかったのですよ」

　悪びれずに言う汐見に、沙保子はますます苦笑せざるを得ない。そんな本音を話してくれるということは、汐見の「試験」には合格できたのだろう。

「人を試してしまうこの癖は、どうにかしたいものですが。今までこれでやってきましたからなあ」

「相手に、それと悟られなければよいのではありませんか」

　沙保子の言葉に汐見は目を瞠り、額を叩いて笑った。

「確かに。馬鹿正直に、試しましたと言う義務はない。代表もお人が悪くなりましたな」

「汐見の率直なところは、私は好きですよ」

　平然と受け流した沙保子に、汐見は楽しそうに笑っている。

「では率直に申し上げます。このご招待は成功いただきたい」

　すっと差し出されたのは、招待状だった。手に取って差出人を見た沙保子は、目眩がした。

さる、やんごとない御方の主催する誕生祝いだ。

「……汐見」

「秋津貿易代表宛、ですからな」

少し恨みがましい気持ちで睨みつけたが、汐見はどこ吹く風だ。

「東院の若さまに同行していただけばよろしいかと」

「……私の仕事で、明臣さまを煩わせるわけには」

「ですが、女性が一人で参加したら奇異の目で見られますぞ。後々になって『あれは東院の若妻だった』と知られる方がご迷惑では？」

正論を突きつけられると、人は何も言えなくなる。招待状を手に取ったまま、沙保子は深々と溜息を零した。

明臣に、夜会への同行を願うことは難しくはない。予定がなければ——招待主は、大抵の先約は無効にできる相手だ——受け入れてくれるだろう。

「気が進まん理由でもおありですか」

「ただでさえ、嫁いだ身が勤めを続けることでご迷惑でしょう……」

「迷惑なだけであれば、若さまは仕事を辞めさせますよ」

そういう御方ですからなと言って、汐見は茶を飲み干した。

「――誕生祝い？」

「はい」

夕食を済ませ、寛いでいた明臣に、沙保子は誕生祝いの招待について切り出した。主催者の名を告げると、明臣は柳眉を寄せた。

「お断りできる御方ではないな。俺はかまわないが。招待される心当たりは？」

明臣によれば、招待してくれた香美宮《かみのみや》は、闊達《かったつ》な性格だが、見知らぬ相手と親しくすることはないらしい。

「わかりません。宮さまには、妃殿下はいらっしゃいませんし」

「ご成婚が近いという噂も聞かないな。君を招待するということは、女性向けの品を欲しておられるのだと思うが……」

明臣にも思い当たる節はないらしく、首を傾げている。香美宮の意図はわからないが、明臣が同行を快諾してくれたことで、沙保子の心は随分軽くなった。

「まあ、行ってみなければわからない。あまり気を張りすぎるな」

「はい」

「宮家のご招待とあれば、第一礼装になるか」

「……はい」

俯いた沙保子に、明臣が笑う。

「君はいつも洋装なのに、ドレスは嫌いなのだな」

いつも洋装というより、男装である。また、ドレスが苦手なのは事実だった。

「着物でしたら気にならないのですけれど」

「だが、婦人の第一礼装はローブデコルテだろう？」

先帝の御代にそう決められている。結果、沙保子の好き嫌いは関係なく、ローブデコルテを纏わねばならない。

「そんなに嫌か？　いつも綺麗に着ているのに」

「……肌の露出が多うございますから」

眉を寄せた沙保子に、明臣は納得した表情になる。

「確かに、普段の君の服装と比べたら露出が多いな。この際、もっと夜会に出て、慣れてみてはどうだ？」

明臣の提案に首を振り、沙保子は躊躇いなく本音を告げた。

「似合いませんもの」

「……俺は先程、君にドレスは似合うと言ったつもりだが……」

「わたくしのような地味な者には華美に過ぎます」

「地味だから、常は男装しているのか？」

何気なく問うたであろう明臣の言葉に、沙保子は取り繕う答えを探せなかった。

「お見苦しいとは存じますが」

「見苦しくはないと前にも言ったはずだ。ただ、勿体ないと思う」

「勿体ない……？」

沙保子が目を瞬かせると、明臣は真顔で頷いた。

「妻を着飾らせたいと思うのはおかしいか？」

「わたくしは妻がいないのでわかりかねます」

沙保子も真面目に答えたのだが、明臣は苦笑した。そっと手が伸ばされ、宥めるように沙保子の髪を撫でる。

「君は綺麗だ。自信を持っていい」

「わたくしは……可愛らしくも、美しくもない女です」

「誰がそんなことを？」

「……父も母も、そう言います」

物心ついた時から、そう言われてきた。佳恵だけは「お可愛らしいですよ」と褒めてくれたが、最も身近な両親に認められたことはない。

「それはよいのです。事実、わたくしは女だてらに仕事をする、可愛げのない女ですから」

「だから、我慢しているのか？」

「え？」

「君は、男装したいわけではないのではないか？」

唐突に言い当てられて、沙保子は表情を失った。それを肯定と受け取ったのか、明臣は強い口調になった。

「本意ではないのに、男装しているのか？」

追及するような明臣の問いに、沙保子は困惑した。何故かわからないが、明臣は怒っているらしい。

「……女のすることではない、と」

「何が？」

「嫁ぎもせず、外で働くなど女のすることではないと……叱られました。ならばせめて、姿だけでも殿方のふりをすれば」

商才の欠片《かけら》もない父に、会社を任せておけなかった。手伝いを申し出たら、女が出しゃばるなと叱られた。

「姿だけでも、兄のように……殿方のようになればと。それはそれで見苦しいと言われましたが、仕事をすることは止められませんでした」

「……君は」

呆れたような溜息に、沙保子はびくりと体を竦ませた。明臣に嫌われたくない。愛してほしいとは思わないから、疎んじられたくはない。

「どこまで自己評価が低いのかと思っていたが。そういうことか」

「……明臣さま？」

「自信を持て。君は、俺が選んだ妻だ」

けれど、明臣とて、古い家柄の娘が欲しかっただけではないのか。口にはできない問いに気づいたのか、明臣はやわらかな笑みを刷いた。

「君は俺が選んで、俺が望んだ妻だ。――それだけ、知っていればいい」

明臣の声はどこまでも優しい。愛しく想われているような、幸せな錯覚を与えてくれた。

香美宮家の誕生祝いは、どちらかといえば質素なものだった。香美宮の性格や嗜好を調べ、ドレスは控えめなものにして正解だったといえる。宮邸ではなくホテルのホールで行われる夜会に出席する為、沙保子は明臣と共に正装していた。

車寄せで、先に降りた明臣が手を取って支えてくれる。西洋では女性を丁寧に扱うらしく、少なくとも表向きはそうしている華族も増えた。

受付で名乗り、会場内に入った。祝いの品は銀の食器にしたので、先に宮家に届けてある。明臣に伴われて進んだ先に、十数人の男女がいた。女性はローブデコルテを、男性は礼装に勲章や襟章を着けている。

内々の会という招待だったが、この国で最もやんごとない御方からの祝いが下げ渡されている為か、公の夜会と大差ない扱いになったのだろうと推測できた。

「香美宮殿下だ」

明臣が小さく囁いて教えてくれる。勲一等の大綬《だいじゅ》を着用した、三十歳ほどの男性だ。一見して高貴な雰囲気の、背の高い人だった。

「東院」

挨拶の機を窺っていると、香美宮が明臣に気づいた。呼びかける声には親しみが込められていたので、沙保子は内心で驚いた。身分社会の頂点に程近い御方が、華族にすら成り上がりと蔑まれている東院家に——明臣に親しみを感じておいでとは思わなかった。

「殿下におかせられては……」

「よい。堅苦しい挨拶は抜きだ。そちらが奥方か？」

「はい。妻へのご招待に、図々しくも同行させていただきました」

「かまわぬ。おまえにも来てほしかったから、奥方を呼んだのだ」

からからと笑い、香美宮が沙保子を見遣《みや》った。非礼にならないように目を合わせず、丁寧なカーツィーをした沙保子に、香美宮は鷹揚だった。

「東院に嫁いだ、秋津侯爵の令嬢が面白い仕事をしていると聞いてな。栗生が我がことのように自慢するものだから、私も頼んでみたくなった」

「妻は、普通に商いをしているだけでございますが」

「だから面白いのだ。『普通に商い』など、普通の女性はしないだろう」

給仕の持つ盆からグラスを取り、香美宮は明臣と沙保子に一つずつ手渡した。受け取った以上は口をつけねば無礼になる。

香美宮と明臣の真似をして口に含んだ舶来の酒は、ぱちぱちと弾けるような舌触りだった。味の方は、沙保子にはよくわからない。

「シャンパンという酒だ。お口に合ったかな？」

問いかけられ、沙保子は明臣を見た。軽く頷いたのを見て、思ったままを言うことにする。

「初めて口にする御酒でございました」

「この舌触りが楽しくて、つい飲み過ぎてしまうのが困りものだ。ところで、東院夫人」

「はい」

本題が来る、と咄嗟に身を引き締めた沙保子に、香美宮はにこやかに言葉を継いだ。

「妹が、そろそろ華宮を卒業するのでね。卒業したら嫁ぐ子だ、最後に兄らしく祝ってやりたい」

そう言ってシャンパンを飲み干し、香美宮は機嫌よさそうに目を細めた。鋭く引き締まった顔立ちだが、目尻が下がると親しみやすさが増す。

「妹姫さまのお祝いでございますか」

「うん。我が妹ながら変わり者で、ドレスにも宝飾品にも興味がない子だ。おかげで、欲しいものがわからなくてね。先日、話のついでで栗生に相談したら、あなたなら何とかしてくれるのではと言われた」

　沙保子は栗生伯爵を恨みたくなった。恐らく善意で——宮家の覚えめでたい商社となれば信頼は跳ね上がる——口添えしてくれたのだろうが、面識もない姫君が喜ぶ品などわからない。まして、ドレスや宝飾品に関心がないとなると、それらを中心に取引している沙保子には伝手がない。

「別室に連れてきている。少し話して、妹の喜びそうなものを探ってくれまいか」

　香美宮の言葉は柔和だが、拒否権はなかった。

「かしこまりました」

「殿下。私も同席してよろしゅうございますか」

　明臣が申し出ると、香美宮は少し思案した。沙保子としては、明臣に同席してほしい。沙保子が気づかないことも、明臣は見つけて助けてくれる。だが、香美宮が兄として、結婚前の妹を男と同席させるのを躊躇う気持ちもわかる。

「いや……未婚の妹だ。迂闊《うかつ》に男とは会わせられない。代わりに私が同席する。甲斐《かい》」

「は」

「少し外す。来客への対応を頼む」

　家令だろう男性に後を託し、香美宮は明臣に断り、沙保子を先導するように歩き出した。使用人に任せないのは、妹を大切に思っているのだろう。沙保子は、心配そうな表情の明臣に、大丈夫だと視線で伝える。

「妹——雪子《ゆきこ》は」

回廊を進んでいると、ぽつりと、香美宮が独りごちるように呟いた。

「父が使用人に産ませた子で認知する前に父は身《み》罷《まか》った。その為か、母にも私にも、距離を取っている」

「……」

想定外の言葉だったが、沙保子は何とか応対した。正妻以外に子を産ませるのは、よくあることだ。が、宮家に生まれて認知されないというのは、珍しいのではないだろうか。

「殿下の、妹姫さまを喜ばせたいというお気持ちはご存じないということでしょうか」

「わからん。歳も離れている。……嫌われてはいないと思いたいのだが」

深い溜息に、沙保子は驚きを新たにした。貴いご身分の方でも、家族との距離に戸惑い、悩むことがあるのか。少しだけ親近感が湧き、畏《おそ》れ多いことだと反省する。

同時に、香美宮の気持ちを妹姫——雪子に伝えられる、そんな品を探したいと思った。

樫《かし》の一枚板を使った扉を開け、控え室に入った。ソファと長椅子が置かれたその部屋に、黒髪を結わずに流した少女の姿があった。沙保子には懐かしい、華宮の制服を着ている。

「雪子」

「敏久《としひさ》さま」

香美宮が声をかけた途端、少女は立ち上がり、優雅に礼を取った。淑女らしい対応だが、兄妹という気安さはない。沙保子にも兄がいるが、こんなによそよそしくはなかった。

「兄上でよいと言っているだろう。――こちらは東院沙保子殿だ。おまえの卒業祝いを、沙保子殿にお願いしようと思っている」

「私は何もいりません。香美宮家の娘として嫁がせていただくだけでも、亡き殿下に申し訳のうございますのに」

「雪子」

香美宮が窘めたが、聞こえなかったような顔で、雪子は沙保子に向き直った。整った顔立ちの、美しい少女だ。精悍な香美宮とは似ていないから、母親似なのかもしれない。

「東院さま。敏久さまがどうおっしゃったか存じませんが、私は何も望んでおりません。ご足労いただいて恐縮ですが……」

丁寧な礼を取ろうとした雪子を制し、沙保子は思わず呼びかけていた。

「雪子殿下」

「私は庶子です。女王の身位にはありませんので、どうぞ雪子と」

「失礼いたしました。――雪子さまは、何もお望みではないということですが」

「ええ」

頷いた雪子に、沙保子は控えめに問いかけた。

「何もお望みではないのでしたら、何を受け取ってもよろしいのではないでしょうか」

「え……」

「雪子さまにとっては、意味のないことであっても。それでも香美宮殿下は、雪子さまを言祝《ことほ》ぎたいお気持ちがあるのですから」

「……それは、詭弁《きべん》というものではありませんか？」

　胡乱な目を向けた雪子の後ろで、香美宮が吹き出した。

「そうだ、そのとおりだ、沙保子殿。私は、雪子が喜んでくれずとも祝いたい。勿論、雪子が喜んでくれるならそれに越したことはないが」

「敏久さま。ですから、雪子は何も望まない……と……」

　そこで、堂々巡りになる空しさに気づいたらしい。雪子が困惑した顔で沙保子を見る。歳相応の少女らしさが覗く表情は、とても愛らしい。

「……本当に、何も欲しいものはないのです。ドレスも、宝飾品も」

「はい。ですが雪子さま、わたくしも香美宮殿下のご意向に背きたくはありません。一度だけでようございますから、お話の機会をいただけませんか？」

　雪子は、五尺ほどの身長だろうか。沙保子より三寸ほど低い。目線を合わせてそう問いかければ、元来が優しい気質なのだろう、逡巡しながらも頷いた。

「ですが、宮家には来ないでいただけますか。どこか、お店をご指定ください。私がそちらに伺います」

「雪子？」

兄の疑問に、雪子は微笑んだ。大人びた顔が、歳相応の少女らしくなる。

「妃殿下を、私のことで煩わせたくありませんので」

「母上は、おまえの嫁ぎ先のことまで調べさせるほどおまえを気にかけて……」

「わかっております。妃殿下も敏久さまも、私などを、勿体ないほど慈しんでくださっています」

「……わかっているなら、よいのだが」

納得しかねるといった表情のまま、香美宮は頷いた。沙保子は雪子に空いている日を聞いて約束を取りつけた後、香美宮の許可を得て——兄妹で話があるらしい——明臣の待つ会場に戻った。

「沙保子」

会場に入ると、すぐに明臣が近づいてきた。心配してくれていたのだろうか。だとしたら、申し訳ないが嬉しいと思う。

「恙《つつが》なく終わったか？」

「はい。雪子さまと、週末に銀座《ぎんざ》のカフェでお会いすることになりました。詳しいお話は、その時に伺うつもりです」

「そうか。秋津貿易で手配の難しいものだったら、すぐに言いなさい」

「はい」

明臣の申し出をありがたく受け入れる。その後は、戻ってきた香美宮が終会を告げるまで、節度を保って他の招待客と雑談して時を過ごした。


訪れた週末は、雪子との約束の日だ。宮家の姫と会うのだから、いつもの男装というわけにはいかない。萌黄に草花を刺繍した訪問着は白襟で格を上げ、薄紅のぼかしの羽織を重ねる。沙保子の年齢にはちょうどいい色合いだ。

支度を調え、自動車に乗る。銀座で指折りのカフェを予約してあるので、そこに向かってくれるよう運転手に頼んだ。

排気音を立てて進み始めた車の中で、沙保子は目を閉じてこの後のことを考えた。雪子は、香美宮に祝われることを拒んでいるわけではないだろう。ただひたすらに「自分などにそこまでさせるのは申し訳ない」と思っている。その心境は、沙保子もわかる。明臣が手を貸してくれる度、同じ気持ちになるからだ。

それでも、明臣は自分を頼っていいと言ってくれた。香美宮の雪子への思いも、違いはないと思う。ならば、無理強いすることなく、雪子の気持ちを聞き出すしかない。

沙保子は、昨夜の明臣との会話を思い返した。

『わたくしに、できるでしょうか』

『できる、できないではない。やらねばならぬのだから、最善を尽くせ』

『明臣さまは、お優しいのかお厳しいのか、わかりかねます』

『いつも優しい、いつも厳しい。人は、そんな単純なものではないだろう』

そう笑った明臣に、心が軽くなった。人は、その時によって変わるものだ。先日は頑なだった雪子が、今日も頑なとは限らない。

前向きに考えることにして、沙保子は自分が十八歳だった頃を思い出しながら、その年齢の少女が興味を持ちそうなものに思いを巡らせた。

――車が停まり、運転手が扉を開けてくれる。今日は着物なので足元がよくない。ゆっくり降りて、沙保子は予約していたカフェに入った。名を告げると、女給ではなくボウイが案内に立ち、個室に通される。

壁の時計を見れば、約束の時間より少し早い。雪子を待たせるわけにはいかないので、先に着いたことにほっと安心した。

メニュウを見て紅茶を注文し、雪子の訪れを待つ。カチカチと進む時計の秒針が耳に響き、沙保子は緊張していることを自覚した。

壁時計が十一時を告げると同時に、ボウイに先導された雪子が現れた。今日は休日だというのに、華宮女学校の制服姿だ。

「お待たせいたしました」

「雪子さま。ご足労くださり、ありがとう存じます」

立ち上がって礼を交わし、雪子が沙保子の向かいに座る。メニュウを物珍しげに見ている姿に、明臣と初めてカフェに入った日の自分を思い出した。

「沙保子さまは、何になさったの？」

「わたくしは、紅茶を」

「では、私もそれで」

雪子が言い終えると同時に、ボウイが恭しく礼をして退室した。異国風の部屋の中、二人きりになる。

「雪子さま」

「はい」

「香美宮殿下の、お祝いをしたいというお気持ちを汲《く》んでいただくことはできませんか」

「……敏久さまが祝いたいとおっしゃるなら、何でもかまいません。いただいたものは、大切にします」

ある程度の譲歩はするつもりになっているらしい。兄妹の話し合いの結果だろうか。どんな品物でも受け取ると、雪子は言った。

「それでは、香美宮殿下のご依頼を成し遂げたことにはなりません。殿下は、雪子さまに喜んでいただきたいと願っていらっしゃる」

「沙保子さま」

沙保子の言葉を遮って、雪子は真っ直ぐに視線を合わせてきた。澄んだ瞳は、透徹《とうてつ》としている。

「私ね、敏久さまのことも、妃殿下のことも、本当にお慕いしています」

「？　はい」

「妃殿下は、生さぬ仲の私を、実の娘のように慈しんでくださった。敏久さまも、お忙しいのに、いつも気にかけてくださる」

雪子が何を言いたいのかわからなくて、沙保子は黙って聞いた。雪子は、薄く微笑んでいてつかみどころがない。

「宮家に生まれながら、女王の身位をいただけない私を哀れんでくださるの」

「……雪子さま」

「私は、自分が哀れだとは思いません。食べることに困らず、休む場所もあり、学ぶことすらできている。田舎から出てきた女中の娘なのに、とても恵まれているわ」

それは、雪子の本心だろうか。誰か、心ない者にそう吹き込まれたのではないだろうか。だが、沙保子には判断材料がない。

「だから、お家の為になる結婚をするの。今まで不自由なく育てていただいたご恩は、そうすることでしか返せないもの」

「ご結婚は……お嫌なのですか？」

「いいえ。敏久さまや妃殿下のお目鏡に適った方ですもの。良い御方だわ」

その言葉が本心か把握しかねているところに、紅茶が運ばれてきた。二人は、添えられていた砂糖を一つ入れ、くるりとかき混ぜた。

「だから……ねえ、沙保子さま。私……望んでもいない祝いをされて、それを受け取るだけでなく、喜ばねばならないのかしら。そうしないと、お二人のご恩に報いきれないのかしら」

おそらくは、雪子は望まぬ結婚——とまではいかずとも、好いた相手との結婚ではない。それを強いられた上に、更に兄の押しつける「祝い」を喜ばねばならないのか。そう言いたいのだろう。

「……香美宮殿下は」

沙保子は、言葉を選びながら慎重に口を開いた。雪子の気持ちを解することができなければ、この件は終わる。そうでなくても、頑なな雪子の姿に自分を重ねてしまって、他人事とは割り切れない。

「雪子さまが、距離を取っているとおっしゃっていました。雪子さまのお気持ちは、すべてとはいかずとも、ある程度はご理解なさっているのだと思います」

「……そう」

「わたくしも、家の為に結婚いたしました」

「そうでしょうね。私達はそれが当然ですもの」

「ですが、今のわたくしは……実家の為だけでなく、夫の為にできることはないかと思っております」

沙保子の告白に、雪子が反応した。ずっと湛えていた微笑みを消し、不思議そうに沙保子を見つめている。

「わたくしが、女の身で商いをしていることを夫は許してくれました。助けてもくれます。感謝しているのですが、どのようにそれを伝えればよいか、わかりません」

少しずつ自分の本心を吐露するのは、何とも気恥ずかしい。ただ、家の為の結婚を決められた雪子が少し前の自分のようで、放っておけない。

「……ご夫君の役に立ちたいから、敏久さまの依頼を受けるの？」

「いいえ。このご依頼は、わたくしに与えられたものです。夫は……そうですね、成功したら喜んでくれると思いますが、夫の事業に影響するかは、わたくしにはわかりません」

明臣は、沙保子の成功を喜んでくれるだろう。だが、秋津貿易が香美宮の覚えめでたくなったところで、東院財閥に影響があるとは思えない。

「失敗した時の損失は、とても大きいのですけれど。成功しても、益はあまりないのかもしれません」

率直に言うと、雪子は目を瞬かせ——次いで、くすくすと笑い出した。

「正直な方ね。香美宮家のお墨付きは、必要ないということ？」

「あればとても光栄なことですが。雪子さまに無理強いしてまで得るものか、考えあぐねております」

「あなたは」

上品に紅茶に口をつけた後、雪子は今までより和らいだ笑顔を見せた。

「私に、妃殿下と敏久さまの厚意をありがたく受け取れとは言わないのね」

「厚意も、押しつけられてはつらいものですから」

「それは、東院明臣殿のこと？　彼からの好意は、あなたは困るの？」

恋愛事には興味があるのか、楽しそうに問いかけられる。今度は沙保子が笑った。

「夫はわたくしを好いてはいませんから。――それでよいと思っております」

「好いてもいないのに、結婚したの？」

「家の為の結婚とは、そうしたものでございましょう？」

そうね、と、雪子は小さく呟いた。その顔に憂いを感じ、沙保子はずっと秘めてきたことを口にした。

「わたくしは、夫に片恋しているのです」

「片恋？　夫婦なのに？」

目を瞬かせた雪子に、沙保子はゆるりと頷いた。この恋心を、誰かに告げることはないはずだった。けれど、雪子には告げてみたい。兄や義母からの愛を、上手く受け入れられない不器用な雪子が、何故か自分に重なった。沙保子は明臣に想われているわけでもないので、そう思うことは傲慢《ごうまん》かもしれないが、相手の優しさを受け入れあぐねている点は同じだ。

「はい。夫婦でも、想い合うとは限りません。――家族であっても、雪子さまと香美宮殿下が想い合わないように」

「……はっきり言うこと」

歳に似合わない深い笑みを浮かべ、雪子は可愛らしく首を傾げた。

「だって、敏久さまは私が何を好むか、何が欲しいか、まったくご存じないの。いいえ、ご存じないだけでなく、知ろうとなさらない。そんな御方から贈られたものを喜ぶなんて、無理でしょう？」

「わたくしは、夫がわたくしの為に贈ってくれたものは嬉しゅうございますけれど」

最初は困惑した。ドレスも着物も宝飾品も、何もかも。

けれど、それが明臣なりの気遣いだと、今は知っている。東院家の妻として恥ずかしくないようにしているだけだと言いながら、沙保子が周りに「金で買われた、愛されていない妻」と侮られることのないよう、調えてくれたのだ。

「天は、自ら行動しない者に救いの手を差し伸べない。――そういうこと？　あなたは、ご夫君と心を通わせる努力をしたの？」

「雪子さまは、なさらないのですか？」

沙保子の切り返しに、雪子が押し黙った。少し膨れている様子は、十八の少女らしく稚《いとけな》い。

「……宮家の娘らしくないと思われたくないの。妃殿下にも敏久さまにも、がっかりされたくないのよ」

それは本心だろう。頷きながら、沙保子はさらりと提案した。

「シェイクスピアでしたら、全集を取り寄せましょうか」

「え……？」

「先程の格言は、シェイクスピアでございましょう？　わたくしも、女学生の頃に夢中で読みました」

沙保子の言葉に、雪子は笑顔になった。今までの微笑みとは違う、溌剌として明るい笑顔。香美宮と母妃が見たいのは、雪子のこの笑顔だろうと思う。

「……ええ。好きなの。訳本も読んだけれど、原書を読みたくて」

「英国から取り寄せます。それを、卒業祝いとしてお受け取りくださいませんか？」

沙保子が乞うと、雪子は笑いながら頷いた。

「受け取るわ。敏久さまにも、お礼を申し上げる」

「差し出がましいことですが、シェイクスピアでしたら、香美宮殿下に申し上げれば揃えてくださったのでは……？」

「駄目よ。だって、敏久さまは源氏や宇津保《うつぼ》、伊勢《いせ》がお好みだもの」

「さようでございますか」

明臣なら、洋の東西を問わず、沙保子が知識を得ることを喜ぶだろう。そこは、海外相手に取引する財閥の後継者と、皇室の一員との意識差かもしれない。

「沙保子さま」

「はい」

「私も、あなたのように……結婚した方に、恋をできるかしら」

「……お相手を存じませんので、お答えいたしかねます」

「真面目な方ね。そこは『できると思います』でよろしいのよ」

ころころと鈴を転がすように笑った後、雪子は声を潜めて囁いた。

「沙保子さまの恋が実ることを祈っているわ。まずは、噂の男装をおやめになればいいのよ。とてもよくお似合いだと評判で、男装の佳人には我が校でも親衛隊があることはご存じ？」

「……お忘れください。はしたないことを申しました。……それから、親衛隊のことは初耳です。お耳汚しでございます」

今更だが、羞恥心が込み上げてきた沙保子が俯くと、雪子は楽しそうに笑っていた。

その笑い声を聞きながら、沙保子は、明臣に想いを告げる日が来るのだろうかと夢想した。

男装をやめることは、少し前から考えてはいた。親衛隊とやらは知らないが、なくなっても困るものではない。

それより、明臣の方が大切だ。明臣は、沙保子の男装を咎めはしないが、女物を着ると褒めてくれる。女物を着ていても、彼は沙保子を侮らない。

一度、女物を来て会社に行ってみるのもいいかもしれない。女同士の方が受けやすい仕事もある。

帰ったら、明臣に相談してみよう。そう思って、沙保子は僅かに微笑んだ。

――東院沙保子が男装をやめたことは、すぐに華族達の噂の的になった。それが、後に大きな事件を引き起こすことになるとは、沙保子だけでなく、明臣も思いもよらぬことだった。

7.

空に冬の重さが色濃くなった土曜日の昼下がり。

明臣は、沙保子の実家——秋津家を訪れていた。目的は、先日目眩を起こして倒れたという秋津侯爵の見舞いだが、沙保子には知らせていない。そもそも、沙保子が「元々の持病ですから」と言って見舞いに帰ろうとしないのだ。東院家や明臣に気を使っているなら無用のことだと伝える為にも、今日の見舞いになった。

沙保子が男装するのは彼女の本意ではないと知って以来、明臣はどうにかしてそれをやめさせたいと思っていた。が、直接そう命じることはできない。男装しているのは、兄である和紘の代わりを務めようという沙保子の信念でもある。嫁いだ女は夫に従うべき身だと理解しながらも、沙保子は秋津家に縛られている。

そんな沙保子が、先日男装をやめると言った。心境が変化した理由はわからないが、明臣は好ましくも嬉しかった。

「どうぞ、こちらへ」

東院邸とはまったく趣の異なる、平屋の日本家屋。千鳥破風《ちどりはふ》の屋根をくぐって玄関に入った明臣を、着物姿の女中が出迎えた。使用人の服装からして、秋津家は古式ゆかしい暮らしを愛しているらしい。

通された客間もまた、純和風の造りだった。床の間には姿のいい花瓶が飾られている。すっきりとした、華美に走らない内装だ。

「旦那さまはお昼寝中でございますが」

「先触れもなく伺ったのはこちらだ。侯爵が目覚められたら、取り次いでいただきたい」

明臣の答えに平伏し、女中が下がった。明臣は座布団に腰を下ろし、硝子が嵌められた障子窓の向こうにある庭を眺める。寒椿が、白い雪に浮かぶように咲いていた。

「――――！」

遠くから人の言い争う声がして、明臣は襖に視線を向けた。秋津家は、客に聞こえる騒ぎを起こすような家ではないと思っていたが、何事だろうか。

「――東院明臣！」

パシンと音高く襖が開き、回廊には学生らしく髪を結った少女が立っていた。だが、名前を呼び捨てられる覚えのない相手だ。

「どちらのご令嬢か」

秋津家の娘は沙保子だけだ。必然的に、この少女は他家の令嬢ということになる。ただ、秋津家の親戚筋だろうとは思うものの、心当たりはない。

「惣川伯爵家の美緒です」

「惣川伯爵……ああ、沙保子の叔母上が嫁がれたお家か」

「お姉さまを呼び捨てにしないで！」

キッと明臣を睨みつけた美緒の後ろで、女中達が慌てふためいている。仕える家の令嬢の夫に、無礼な態度をぶつける美緒を咎めようにも、美緒もまた秋津家の血を引くのだ。難しいところだろう。

明臣は手を上げて女中達を制した。

「惣川のご令嬢は私に話があるらしい。密室に二人きりになるわけにはいかぬから、襖を半分開けてもらえるか」

「は、はい……」

よろしいのですかと問う視線を向けてきたのは、ここまで案内してくれた女中だ。かまわないと頷いて、明臣は怒りに震えている美緒に座るよう促した。それを見て、使用人達は狼狽えながらも距離を取って去っていく。

「私に言いたいことがおありなら、お聞きしよう」

「……っ、たかが男爵家の息子が、わたくしに対等な物言いをしないで！」

「あなたが『お姉さま』と呼んでいる沙保子は、たかが男爵家の息子の妻だが」

子どもっぽい侮蔑に、安い挑発で応えた。美緒は沙保子の従妹ではあるが、明臣が配慮すべき相手ではない。沙保子相手につくっていた外面で対応するまでもなかった。

「無礼な……！」

「とりあえずお座りになるといい。まあ、あなたが怒ったところで、私にかける為の水も茶もないが」

わざと嗤ってみせると、美緒はぎり、と歯噛みしながらも明臣の向かいに座った。

「それで、何の御用だろうか。侯爵が昼寝からお目覚めになる前に終えていただきたいが。あなたは、侯爵の見舞いにいらしたのではないのか？」

「余裕ぶった物言いをやめなさい。勿論、伯父さまのお見舞いに来たのよ。――あなた、そうやって、お姉さまのことも見下しているのね」

「見下す？　私が沙保子を？　何をどうしたら、そういう理屈になるのか。沙保子はあなたではないのだが」

つまり美緒のことは見下していると暗に告げ、明臣は軽く首を傾げた。美緒が烈火の如く怒り出した。

「お姉さまの装いに口を出していると聞いたわ！　お姉さまは亡きお祖父さまのご遺言を守る為、男装なさっておいでなのに、それを咎めていると！」

そのことか、と明臣は内心で苦笑した。沙保子が頑なに男装を続けていたのは、亡き祖父の遺言を守りたいからだとは聞いていた。それをやめて女性らしい装いで仕事をすることは、嬉しいと思っている。が、男装を咎めたつもりはない。

「咎めてはいない。ただ、沙保子に無理をさせたくないだけだ」

「沙保子、沙保子と気安く呼ばないで！」

「無理を言われても困る。沙保子は私の妻だ。妻を名で呼んで何が悪いのか」

美緒は猫のような目をつり上げて、明臣を睨んだ。

「お姉さまは、望んであなたの妻になったわけではありません！」

「そう、私が望んだことだ。それを沙保子が受け入れた。何かおかしいだろうか」

これも事実だ。明臣が提示した結婚の条件を、沙保子が己の意志で受け入れた。そこにまつわる詳細を、他人に話すつもりはない。

「お姉さまがお召しになりたい服を着ることを、咎めるなと言っているのです！」

「私は、沙保子が着たくない服を強いるつもりはない」

だから男装をやめたことは好ましい。そう思った明臣を、美緒は怒りのままに罵倒する。

「お姉さまは、殿方のご衣装を着るのがお好きなの！　動きやすくてよいとおっしゃっていたの！　それを邪魔しないで！　あんなにお似合いなのだから！」

その言葉の意味を理解した時、明臣の心に初めて美緒への怒りが灯《とも》った。

男装を見苦しいと咎める者、似合っていると賞賛する者。それらに、沙保子は振り回されてきたのか。

「――つまりあなたは、沙保子の男装姿が好きだから咎めるなと？」

「……？　そんなことは言っていないわ」

「そうとしか聞こえぬ言いようだったが」

明臣の詰問に、美緒は何を言われているか――明臣が何に怒ったのかわからないといった顔になった。

「亡き祖父君のご遺言以前に、あなたのような態度が、沙保子に望まぬ男装を強いたのか」

「あなた、何を言っているの？　お姉さまは、望んで男装なさっていたのよ。何故それが理解できないの？」

「理解などできぬし、したくもない」

唾棄したい気持ちで吐き捨て、明臣は美緒に冷たい視線を向けた。意図して抑えなければ、侮蔑と怒りがそのまま形になってしまいそうだった。

「沙保子が男装を望むなら続けさせるが、そうでないからやめただけだ。そのことに、あなたの許可も希望も必要ない」

「だから、お姉さまは」

「沙保子はあなたの姉ではない。私の妻だ」

「――！」

短く告げた明臣は立ち上がり、庭を臨む雪見障子を開けた。冬の寒風が吹き込んでくるが、怒りで発熱したかと思うほど熱くなった体には心地いい冷たさだった。

「最《も》早《はや》、あなたと話すつもりはない」

「話は終わって……」

「終わりだ」

強い意志を含んだ明臣の声に気《け》圧《お》されたのか、じり、と後ずさった美緒の影が、雪見障子に嵌め込まれた硝子に映った。

明臣とて、十近く年下の子ども相手に、本気で声を荒らげるような真似はしたくない。だが、沙保子の外見だけを重んじるような物言いは不愉快だった。

「私に話があるなら、ご父君と共に東院家においでになればいい。沙保子もいる。――本人の前で、あのような言葉は吐かせぬが」

「あなたに話しても無駄ね。お姉さまに直接お話しします」

「好きになさるがいい。但し」

明臣は、硝子に映った美緒の顔を見据えた。直接顔を見たくはなかった。

「沙保子を傷つける言葉は許さない」

「わたくしがお姉さまを傷つけるはずないでしょう。度し難い男だわ」

ぷいっと顔を背けた美緒は、立ち上がって部屋から出ていった。それを視線を合わせないまま見送った後、明臣は内廊下の襖を閉めた。

再び座布団に腰を下ろし、不快さを溜息にして吐き出した。まだ、心の奥に苛立ちが募っている。

(沙保子は、あんな思いに囲まれていたのか)

女であることを蔑まれ、男ではないことを嘆かれ——男装を侮られながら賞賛されるという屈折した世界で、彼女は何年、耐えてきたのだろう。耐えて、耐えすぎて、男装することが本意ではないと忘れかけるほどに、心を傷つけられてきたのか。

そう思うと、やるせなかった。

その後、侯爵が昼寝から目覚めた後、明臣は形ばかりの言葉と見舞い金を渡して帰った。無性に、沙保子に会いたかった。

＊＊＊

「何なの、あの男……！」

美緒は、今日は人力車を使っていない。父が使うと言っていたので、女学校からの帰りは電車で帰る予定だった。

それが、学校で沙保子の噂——男装をやめ、女物を着て仕事をしているらしいと聞いたから、伯父の見舞いも兼ねて秋津家に来てみれば、問題の東院明臣も来ていると言う。話したくもない相手だが、一言申さねばと会ってやったのに、まるで美緒が沙保子を傷つけているように詰《なじ》られた。

「ねえ、頼子《よりこ》。東院銀行って、この先よね？」

護衛の女中に問いかけると、頼子は逡巡して頷いた。美緒の意図がわかるのだろう、困ったような顔をしている。

「少し見て行くだけよ。卑しい成り上がりがどんな悪趣味な建物を造ったのか、気になるのだもの」

まだ学生の美緒は、基本的には自宅と学校の行き来だけである。たまの休みは習い事か、母に連れられて茶会に出席することもある。百貨店に買い物に行ったりはするが、銀行なるものには無縁だった。

――そうして、頼子に案内されて着いた官公庁近くの一等地に、東院銀行はそびえ立っていた。煉瓦造りの立派な建物で、高名な建築家に線を引かせたというだけあって、品も格もある。

「……容れ物だけ立派でもね。中身が東院明臣では無意味だわ」

負けず嫌いな言葉を吐いて踵《きびす》を返した美緒の後ろで、頼子が声を上げた。

「美緒さま！」

振り返った美緒は、見知らぬ男に縋られそうになり、恐怖に包まれた。

「何……っ、誰、おまえ！」

美緒の袖を掴もうとした男は、頼子がその腕を捻《ひね》り上げていた。そのことに安心しつつも、心臓が早鐘を打っている。

「東院……東院を、ご存じですか」

「東院銀行の前で、東院を知らない者はいないでしょ」

浮浪者のような身なりの男を警戒しながらも、間の抜けた問いに脱力した。頼子が更に腕を捻っている。

「東院、明臣を……」

「……知らなくはないわ」

でも、と美緒は続けた。

「おまえの様子を見るに、融資を望んでいるのだろうけど。取り次ぎは無理よ。わたくし、あの男は大嫌いなのだもの」

「……そうです、よね……」

俯いた男に、美緒は今日学校で聞いた話を教えてやることにした。お姉さまの親衛隊が言っていたのだから、間違いない――まあ、従妹である美緒が知らなかったのは悔しいから、知っているふりをした話だが。

「来年の睦月《むつき》の五日。皇国ホテルで、新年の祝賀会を行うそうよ。東院家の主催だから、東院明臣もそこに来るのではなくて？」

「まことですか！」

ぱっと顔を上げた男は、不意に生気を取り戻したようだ。どんよりしていた瞳が、ぎらぎらと輝いている。

「本当よ。だからそこで捕まえられたら、話くらいは聞いてくれるのではない？　――行きましょう、頼子」

美緒が離れると、頼子は男の腕を解放した。その場に立ち尽くして何度も礼をしている男をちらりと見て、頼子が心配そうに囁いてくる。

「よろしいのですか。あのようなことをお話しになって」

「隠すほどのことではないでしょう？　華宮では周知のことだもの。いずれ新聞にも載る話ではないの？」

――美緒は知らなかった。財界の会合の詳細は、大衆紙には載らない。そしてその男が、新聞を読めるような状況ではないことを。また、明臣に会いたいのではなく、復讐を願っていることも。

＊　＊　＊

ある土曜日、沙保子が会社から帰ってきたら、明臣は今日は仕事を昼で切り上げて秋津家に向かったと琴から聞かされた。

「何故、秋津に」

「若奥さまのお父君が、体調不良で倒れられたと伺っております。若さまもご心配しておられましたから」

「……明臣さまが、わざわざ行かれずともよいのに」

申し訳なくて俯いた沙保子の着替えを手伝いながら、琴は励ますように言った。

「大切な奥さまの大切なお父君ですもの。若さまにはお気がかりだったのですよ」

「……大切」

沙保子はぽつりと呟いた。父のことは――大切ではある。今まで育ててもらった。慈しまれた記憶はないが、それでも命の親だ。

けれどあの気位の高さが、明臣に非礼を働いていないかは気になる。ただでさえ侮っているのだ。東院家に救われたことも忘れて、明臣を「娘の婿」と見下した態度を取るに決まっている。

「琴さん。明臣さまは、いつお戻りかわかりますか」

「今日は、秋津侯爵さまのお見舞いの後はこちらに戻られると伺っております」

すっかり日常着となったドレスに着替えた後、沙保子は琴を下がらせ、明臣を待つことにした。

明臣が取り寄せている新聞を手に取って読み進めるうちに、気づけば陽が落ちていた。師走《しわす》ともなると暗くなるのは早い。室内に明かりを点けた時、扉が開いて明臣が入ってきた。

「お帰りなさいませ」

出迎えはいらないと言われてからは、玄関まで下りることはしていない。だが、今日はきちんと迎えたかったと反省しながら、沙保子は明臣が脱いだ外套を衣装棚に掛けた。

「……ああ」

どこか不機嫌そうな明臣に、やはり父が何か言ったのだろうと申し訳なくなる。謝った方がいいだろうか、けれど何を言って明臣を怒らせたのかわからない以上は黙っていた方がいいのかもしれない。忙しく考え込んでいると、明臣がくっと笑い出した。

「明臣さま？」

「いや……無表情なのに、視線だけくるくるさせているのが、何とも。――何を考えていたか当てようか？　俺が侯爵に侮辱されたと思っているのだろう？」

「やはり、父が」

「違う。義父上《ちちうえ》にはお見舞い申し上げただけだ。見舞いも受け取っていただけた。まだお疲れのようだったから、すぐに切り上げたが」

「お客さまの相手もできぬほどとは思えません。父も、家の者も、失礼いたしました」

頭を下げかけた沙保子を、明臣が手で制した。その瞳からは、不機嫌の影は消えている。

「沙保子」

「はい」

「――和紘に、会いたいか？」

突然出てきた名前に、沙保子は反応が遅れた。兄の名だと気づいて、意味が理解できないままに頷いた。

「それは、……はい。会えるものでしたら」

「和紘の大体の居所なら調べられる。結婚式の前にも会った」

「明臣さまが、兄と？」

帝大の同窓だとは知っているが、私的に会うほど親しかったとは聞いていない。戸惑った沙保子に、明臣はソファの隣に座るよう促した。

「詳細は省くが、兄として妹を頼む、と……そんな言葉を言われた。その時に、今は九州にいると言っていた」

「九州、でございますか」

「ああ。調べれば、すぐに見つかるだろう。名を変えて炭鉱夫として働いていたとしても、探し当てられる」

自信たっぷりに言われて、沙保子は思わず微笑んだ。ずっと気がかりだった兄の行方がわかるかもしれないという安堵と、兄が沙保子を気遣っていたこと、それを明臣が明かしてくれた嬉しさからくるものだった。

「――いいえ」

沙保子が首を横に振ると、明臣は少し目を瞠った。沙保子が頷いたら、すぐに探すつもりでいたのだろう。

「和紘が戻れば、君は秋津貿易から手を引ける。――男装のことも、うるさく言う者に煩わされずに済むだろう？」

「兄は、あと四年で戻ってくるという約束ですから。それまでは、束《つか》の間の自由を楽しむのもよろしいかと」

「その分、君が苦労している」

「苦労とは思いません。……多少は、つらいこともありましたけれど」

今は幸せだ。想いは通じずとも、慕う人の妻として生きているのだから。

「無事でいてくださったならよいのです。四年後は、兄が会社を受け継ぎます。その時の苦労が少しでも減るよう、わたくしも努めます」

和紘の経営手腕はわからない。ただ、兄の性格からして、無計画に放蕩しているわけでもないはずだと思う。

明臣に会って沙保子を頼むと伝えてくれたのなら、身を持ち崩していることもあるまい。無事でいてくれるなら、それでいい。

「……君は、本当に家族に甘いのだな」

「そうでしょうか」

「甘い。ご両親の散財の為に俺に嫁ぎ、兄の不在を補う為に男装して働いて——それで君は幸せなのか？」

「はい」

あなたといられるから幸せです、とは言えない。明臣を困らせたくない。けれど不幸ではないから、幸せかと聞かれれば頷くしかできない。

「……本当に、君は理解し難い」

そう言って、明臣は沙保子の肩を抱き寄せた。

「は、明臣さま？」

「理解し難いが……君に君らしく在れと言ったのは俺だからな。仕方ない」

君はそのままでいいと呟いて、明臣は沙保子の髪に顔を埋めた。

甘やかな接触に、沙保子は混乱し、羞恥を覚えたが——明臣の温もりがひどく愛しくて、結局、その体勢を受け入れた。

「わたくしは、幸せです」

もう一度繰り返した沙保子に、明臣が微かに身じろぐ。

「……そうか」

明臣の声はくぐもっていたが、穏やかだった。するりと伸びてきた腕が、沙保子の背を撫でた。

「それなら、いい」

「はい」

揺蕩《たゆた》うようなやわらかな空気に、明臣と二人で包まれている。それは、沙保子にとって確かに幸せな時間だった。

明臣の手が髪を撫で、熱を帯びた視線が向けられた時、沙保子は知らず目を閉じた。ほぼ同時に、明臣の唇が重ねられる。

静かで優しい口づけが、深く甘やいだものに変わっていく。ドレスの前身頃に手をかけた明臣を、沙保子はそっと制止した。

「あ、の……ここでは」

「いつ誰が来るかわからないというのは、緊張感があっていいと思うが」

「わ、わたくしは無理です！」

あんな姿を、明臣以外に見られるなど想像もしたくない。青ざめた沙保子を、明臣は軽やかに抱き上げた。

「相変わらず軽い」

小さく笑って、明臣は隣の寝室に続く扉を器用に開けた。寝台の上に沙保子を横たえる。そのまま、サッシュベルトを外してドレスを寛げ、丁寧に脱がせていく。下着姿になった沙保子の首筋に口づけ、緋を散らした。

今日は、沙保子はペチコートの類を穿いていない。明臣と結婚してからは西洋風の下着を身につけるようになったが、まだ慣れない為、おそらく一般的な華族女性とは異なった着用だろう。それを自然に剥ぎ取っていく明臣の慣れた手つきが、沙保子にはひどく悲しい。

――かつて、他の女性にそうしたのだろうと思うから。

そのことが、沙保子の心に嫉妬を燻《くすぶ》らせる。明臣には気づかれたくなくて、沙保子はされるがままの羞恥に耐えた。

「男装をやめると言ってから……触れるのは初めてだな」

「……殿方の装いは、やめました」

西洋の下着はふっくらとした乳房を包むような造りで、実に心許ない。ぎゅっと押しつけた方が、体の線がすっきりして見えるのにと思った沙保子の乳房を、明臣がふにゃりと揉んだ。

「ん……っ」

「さらしを巻かなくなったのは本当らしいな。俺の手に馴染むようになってきた」

揉まれることで、乳房のやわらかさが沙保子にも伝わってくる。両の乳房を押し包まれ、持ち上げながら愛撫されると、体から力が抜けていく。

「あ……」

「やわらかいのに芯がある。どこまでも俺を受け入れるくせに、最後は撥《は》ねつける」

まるで君のようだと囁く声に、欲が宿っている。蕩《とろ》けるように甘い声が、沙保子の聴覚を優しくすぐった。

唇ではなく頤に口づけ、明臣の口づけが首や鎖骨のあちこちに落とされる。時折強く吸い上げて痕を残し、やんわりと歯を立てられた。その、痛みと快感の境界が曖昧な刺激が、おそろしく気持ちよかった。

は、と短く零した吐息が濡れていることに気づいたのか、明臣が唇を重ねてくる。触れ合った唇のあわいから忍び込んだ舌が、沙保子の口内で淫らに動いた。

「ん……っん……！」

胸を覆っていた下着はいつの間にか外され、下半身は頼りない薄布一枚しか纏っていない。引き換え、明臣は帰宅した時のまま一糸も乱れていなかった。

「はる、おみさ、ま」

口づけの合間に名を呼ぶと、明臣が不可思議な表情で目を細めた。見たことのないやわらかな瞳に、吸い込まれそうになる。

「ん？」

優しく促され、沙保子は戸惑いながら夫を見上げた。寝台の上に縫い止められた沙保子を、明臣はじっと見つめている。

けれど、どう言えばいいのか。

わたくしだけ裸体なのは嫌です、などと言えるわけがない。脱いでほしいとは言えないし、脱がせるわけにもいかない。困っている沙保子の反応を楽しむように、明臣は耳の裏や首筋に口づけてくる。

「あ……」

耳の後ろは特にくすぐったくて、体が震えてしまう。それを堪えながら、沙保子は明臣の襟締《ネクタイ》を解いた。

「沙保子？」

明臣は虚《きょ》を衝《つ》かれた様子だが、沙保子も自分がしたことにぽかんとしていた。――脱いでほしいと、行動で示してしまったようなものだ。

かあっと赤くなった沙保子に、明臣が悪戯っぽく笑う。

「誘い方が下手だな、沙保子」

「ち、ちが……」

「だが、煽るにはいい方法だ」

愉しげに笑いながら、明臣は上着と襯衣《シャツ》を脱ぎ捨てた。無駄なく引き締まった体躯《たいく》が露わになり、沙保子は羞恥で目を閉じた。

「煽ったからには、責任を取れ」

「そのようなつもりは」

ない、と言おうとした沙保子の両手首を、明臣がそっと掴んだ。そのまま頭上で一つにまとめられ、先程の襟締《ネクタイ》でゆるく拘束した。

「な……」

「目隠しもいいが。俺は君の顔を見ながら抱きたい」

するりと沙保子の頬を指で撫でた後、明臣は白い乳房に吸いついた。びくりと跳ねた体を隠したくても、手首を拘束されたことで何もできない。

「あ、明臣さま、これ……っ」

外してくださいと言いかけた時、赤くなった先端を舌でつつかれ、沙保子は反射的に高く啼いた。

「感度がよくなった。本当に素直だな、君は」

「っあ、ん……っ」

くるくると舌先でつつきながら舐られる。初めてのことではないのに、今までよりもっと淫《いん》猥《わい》で強い快感が走った。

びくびくと反応する体を宥めるように、明臣の指があちこちを辿る。浮いた背中を撫でられた時、沙保子の唇からは嬌声が零れた。

「触っただけでこれか。つくづく、君は感じやすいな」

そう言いながら明臣は沙保子の乳首を舐め、もう一方を摘まみ上げる。吸い上げられ、捏ねられる快感に、沙保子は声も出さず、荒い呼吸を繰り返した。

「胸だけで、そんな蕩けた顔をして。――ここに触れたら、どうなるのか」

薄布越しに秘花を撫でられ、沙保子は首を仰《の》け反らせた。既に濡れている花を、明臣はゆるゆると愛撫する。

「常と変わったことをしたら感じやすくなると聞いたが、君は顕著だな」

「あ、いや……っ！」

沙保子は、初めて閨で拒否する言葉を口にした。

――比べないで。他の誰かを、思い出さないで。

そう言いたいのに、言えない。彼には迷惑な想いだろうから、慕っていると告げることもできない。

ただ、傍にいられればいいと思っていた。叶わない恋でいいと思っていた。

けれど、沙保子の本心は浅ましいほどに好かれたがっている。他の誰でもなく、明臣に好いてほしいと泣いている。

「嫌か？」

違うと首を振りかけた沙保子に、明臣は狂おしい何かを宿した瞳を向けた。

「嫌でも、やめるつもりはない。――君は俺の妻だ」

それが、情欲からの言葉でもよかった。明臣に、妻だと言ってもらえることが嬉しい。

――想いがすれ違っていることに、沙保子も明臣も、まだ気づいていなかった。

8.

沙保子は、最近の明臣の様子に戸惑っている。

沙保子が知らないうちに秋津家に追加で支援してくれたらしく、両親から礼状が届いた。何も知らなかった沙保子は戸惑いながら礼を言い、結納金が残っているから支援はいいと断ったが、ならば必要なものはないかと訊かれてしまった。

秋津貿易は、汐見の手腕で財政は改善している。累積した赤字を埋めるほどではないが、単年なら黒字が出そうだとのことだった。

いずれは、兄――和紘に戻ってもらって会社と家を継いでほしいが、探さなくていいと言ったのは沙保子だ。四年後に戻ってきた時、より良い形で会社を渡したい。それだけが願いだった。

だから今、沙保子には物欲や金銭欲のようなものはない。明臣への想いも、告げるつもりはなかった。家柄と、子を生す為だけに買った妻に慕われても、明臣には迷惑だろうと思うからだ。

なのに、その明臣が優しいのだ。勘違いしたくなるので、とても困る。

今日は日曜日だから、沙保子も明臣も仕事は休みだ。夫婦の部屋で寛ぎながら新聞を読んでいた明臣が、ふと顔を上げた。

「沙保子」

「はい」

返事をした沙保子をやわらかな視線で見つめ、明臣は出かける支度をするように言った。

「あの、どちらに」

琴達に手伝ってもらって萌葱色のヴィジティングドレスに着替えた沙保子が問いかけると、明臣は襟締《ネクタイ》を締め直しながら答える。

「どこ、とも決めていないが。少し出かけよう」

「は……い」

どうなさったのかと思うものの、明臣の言葉に逆らうつもりはない。沙保子は西陣織で作らせたバッグを持ち、明臣の後を追って車に乗った。

「どこか行きたいところはあるか」

「いえ」

「なら、昼食を摂った後は買い物でもして、日本橋《にほんばし》に行こう」

「日本橋に？」

「そこに美術館を建てている。君も見ておくといい。今後、上流の夫人方との付き合いに役立つだろうから」

明臣の言葉によれば、明治の御一新の頃に海外に出た美術品を少しずつ買い戻しているのだという。公家や武家が困窮し、日本美術を好む好事家に売り払われてしまった逸品は多い。それの真贋《しんがん》を見極めて買い戻し、展示するという。

「展示なさるのですか」

「ああ。入館料では管理しきれないだろうから、うちが管理し続けることになるな」

「利にならぬことを、なさるのですか」

少し驚いた沙保子に、明臣は苦笑した。咄嗟の言葉で気を悪くさせたかと思ったが、頓着していないようだ。

「俺は、この国は開国以来、西洋を追いすぎだと思っている」

「追いすぎ？」

「何もかも、西洋に合わせるわけにはいかぬのにな。その国に応じた風習、慣例がある。価値観もだ」

両手の指を組み、明臣はどこか悟ったように嘆息した。

「西洋がすべてに於いて進んでいるわけではない。日本の古来のものも、外国《とつくに》にとっては価値があるのに、当の日本人が気づいていない」

沙保子は、そんなことは考えたこともなかった。生まれた時から沙保子の世界は秋津家と秋津貿易だけで、嫁いだことで東院家も入ってきたが、それだけだった。

「無知は罪だ、沙保子。世界の相場を知らぬから、幕府は大量の金を我が国から流出させてしまった。大きな損失だ。君は女性としては高等教育を受けているが、俺より物を知らない。そして俺自身、父や祖父に比べれば無知だ」

その言葉は、沙保子の心に真っ直ぐ届いた。皮肉でもなく、謙遜でもない。ただ平等に、ありのままを見ている言葉だと感じた。

「だから、俺達は知らねばならない。自国のことをろくに知らぬのに、外国のことを知るなど無理だ。君がご夫人方の宝飾品の輸出入を続けるなら、西洋のものだけでなく、我が国のものもよく見ておくべきだ」

「はい」

「君の実家にはもっと価値のあるものが伝わっているだろうし、それらで見る目は養われていると思う。だから、その審美眼を磨くといい。どこに、天下の逸品があるかわからない。没落した家から持ち出された品が骨董市に転がっていた――などという話は、洋の東西を問わぬのだから」

「はい」

強い意志を込めて頷くと、明臣は穏やかな笑みを見せた。沙保子に、商売人としての心構えを説いてくれたのだ。沙保子の仕事を「所詮お嬢さまの道楽」と笑わずに応援してくれた人は、初めてだった。両親は、沙保子は「形だけの代表」であればいいと思っている。だが、明臣は

「仕事をするなら、本気で取り組め」と言ってくれた。

「明臣さま」

「ん？」

「ありがとう存じます」

揺れる車内で、沙保子は精一杯の謝意を伝えようと頭を下げた。が、明臣は両手で沙保子の顔を包み、姿勢を正した。

「東院の妻が、軽々しく頭を下げるな」

「申し訳……」

「謝罪はいい。礼もいらぬ。——結果を出せ。そうすれば、誰も君を笑えない」

「明臣さま」

「華族の姫君の道楽だと、笑われたままでいるつもりはないのだろう？　俺の妻は、そういうことが許せぬ程度には誇り高い」

揶揄うように笑った明臣の手は、沙保子の頬に当てられたままだった。沙保子は、彼の手をそっと包んだ。

「……はい。わたくしは、明臣さまの妻ですから」

秋津家の娘ではなく、明臣の妻として。

後ろ指を指されるなら別にかまわないが、正面から笑いものになどできないように、強く大きくならなければ。

　そう決意して、沙保子は明臣に微笑みを返した。

　新年を迎え、正月の慌ただしさに、沙保子は目眩がしそうだった。秋津家と東院家では、慣習が違う。ひっそりと物静かだった実家の正月に比べ、東院家は華やかで賑やかだ。

　新参の嫁として来客に対応し、もてなす。その合間に、義母と一緒に使用人達の仕事を差配する。いずれも、初めて経験することばかりだった。

　心身ともに疲労困憊《ひろうこんぱい》の沙保子だが、明日の五日には皇国ホテルで東院財閥の新年会がある。それに合わせ、明臣と自分の衣装を調えるのも沙保子の務めだ。衣紋掛けに吊り下げた明臣の礼服を検《あらた》め、自分のドレスは華美に走っていないか確認する。明臣は黒の礼服で、沙保子は生成り色の絹地に小花模様のヴィジティングドレスだ。

「沙保子」

　声をかけられて振り返ると、明臣が笑いを噛み殺していた。いつの間にか、部屋に戻ってきたらしい。

「そう緊張しなくてもいい。毎年のことだ、身が持たなくなる」

「ですが、お取引先だけでなく、政財界の皆さまがお集まりになると伺っております。わたくしが粗相をしては……」

「心配ない。そちらは俺と父上が対応するから、君は母上の傍にいるといい。ご婦人方のお相手を頼む」

「はい」

明臣は室内のソファに座り、沙保子を手招いた。隣に座れという合図に一瞬躊躇ったが、沙保子はその要求を受け入れる。

天鵞絨張りのソファが、二人分の重みを受けて少し沈んだ。

「年が改まったのに、ゆっくりした時間が取れなくてすまないな」

「そのようなことは……わたくしも慣れぬことばかりで、ご迷惑をおかけしておりますし」

「よくやっていると、母上が言っていた」

「お義母《かあ》さまが？」

義母に褒められたことはなく、今日もいくつか注意を受けた。真実職業婦人である義母から見れば、沙保子の仕事はお嬢さまの手習いのようなものだと思われていても仕方ない。そう思っていた。

「身内を褒めることはしない人だからな。君に厳しいのは、いずれこの家を任せる為だ。悪く思わないでやってほしい」

「いえ……いいえ。わたくしこそ、お義母さまのお心遣いに気づかず……」

疎まれていると勝手に判断し、距離を取っていた。そのことが申し訳なくなる。

「人は、話し合わねばわかり合えないこともある。会話を怠った母上が悪い」

だから気にするなと続けた明臣に、沙保子は俯いた。沙保子は、明臣に決定的なことを言えないままだ。

女の方から、慕っているなどと言えない。男装しても、沙保子の精神はあくまでも「女は男に仕えるもの」という、両親の呪縛に囚われたままだ。

「仕事は順調か？」

「はい。香美宮殿下からご依頼いただいたことが知られたのか、奥さまのいらっしゃらない方からも商談が……」

「……男から？」

不意に明臣の声が低くなったので、沙保子は慌てて否定した。愛されていないとはいえ、不貞を疑われるのは嫌だった。

「殿方には、わたくしではなく、汐見や屋代がお相手しております。……中には、今も男装しているとお思いらしく、物珍しさでわたくしをとおっしゃる方もおいでですが」

「君は見世物ではないだろう」

「はい。そういった御方はお断りしています。……お断りできるだけの余裕ができました」

沙保子の言葉に、明臣がふっと息を吐いた。そして、少し照れたように顔を背ける。

「……そろそろ休もう。明日は朝から忙しい」

「はい」

「沙保子」

「はい？」

立ち上がりかけた沙保子の腕を掴み、明臣は落ち着いた声で告げた。

「明日の夜は、君を抱く」

「……あの、明臣さま……？」

「だから、そのつもりでいるように」

沙保子は真っ赤になって——微かに頷いた。

＊　＊　＊

東院財閥の新年会となると、招待客は百人ではきかない。同行者も含めると三百人にはなるだろう規模のパーティーだ。軽食や飲み物の手配も含め、給仕や案内人もホテルに一任した。正月の準備で多忙な使用人達にこちらまで手伝わせては過労で倒れかねないし、疲労が重なれば、失敗する可能性が高くなる。

煌々《こうこう》とした明かりの中、孝臣が謝辞を述べ、乾杯の挨拶をした。同時に、無数のグラスがシャンデリアの光を受けて輝いている。

そこからは無礼講という形で、新年会が始まった。明臣は、取引先や今後の付き合いが予定されている者達を相手に、如才なく振る舞った。女性達が集まっている方に目をやると、沙保子も自然な笑顔で対応している。

そのことに安堵した時、香美宮に声をかけられた。

「東院」

「殿下。このような場にお運びくださり、恐縮でございます」

「そう気づまりな挨拶はやめてくれ。……奥方は？」

「あちらに。呼んでまいりましょうか？」

「頼む。雪子が、どうしても礼を伝えてくれとうるさくてな」

まだ学生の為、酒が出る会には連れてきていないらしい。だが、以前に会った時より、妹について話す口調はやわらかくなっている。明臣は給仕の男に沙保子を呼ぶように指示し、香美宮と歓談した。

「失礼いたします」

話が途切れた機に、沙保子がやって来た。薄く化粧した顔は、明臣の贔屓目なしに美しい。

「沙保子殿か。久しい……とまではいかないな。ああ、挨拶はよい」

堅苦しいことは苦手だと笑って、香美宮は沙保子に話しかけた。

「雪子が、礼を伝えてほしいと言っていた。シェイクスピア全集は、嫁ぎ先に持っていくと言って聞かん」

「ご婚礼までに必ず間に合うよう、急がせます。装丁を特別なものにしておりますので、もう少しお時間がかかりますが」

沙保子によると、英国で出版されたシェイクスピア全集を、香美宮家の紋を入れた表紙に変えているらしい。それは雪子の希望だと言う。

「兄宮殿下と、母妃殿下のお心がいつも感じられるようにしたいと、雪子さまがお望みになりました」

「そうか。押しつけがましかったと反省していたのだが、雪子はそれも許してくれたのだな」

感慨深そうに頷いた香美宮は、明臣に断って、沙保子の手を取った。オペラグローブ越しとはいえあまりいい気はしないが、相手が香美宮では拒否できない。

「沙保子殿。あなたの会社のことは、私もできるだけ力になろう。私にできることがあれば、遠慮なく言ってほしい」

「ありがとう存じます」

「……余計な世話かな。東院以上の援《たす》けにはなるまい」

「殿下」

咳払いした明臣に、香美宮は楽しそうに笑う。

「わかった、わかった。馬に蹴られぬうちに退散するとしよう」

そう笑って、香美宮は孝臣の方に歩いていった。残された明臣はともかく、沙保子は意味がわからないらしい。

「あの……わたくし、何か粗相をしてしまいましたか？」

「いや。何も問題ない」

問題なのは、明臣と沙保子の微妙な関係だ。明臣が沙保子を大切に想っていることは知られてもいいが、相想《あいおも》いしていない夫婦だとは知られたくない。

その時、明臣は沙保子の顔が少し赤いことに気づいた。酒は殆ど飲んでいないはずだから、人に酔ったのだろう。

「沙保子。少し外に出よう」

人当たりしたらしいと気遣うと、沙保子は申し訳なさそうに頷いた。

「お式の時ほどの人数ではないのですけれど……あの時は、ただ笑っているだけでようございましたから」

今日は接待も必要なだけに、神経が張りつめているのだろう。気を張るなとは言っておいたが、初めてのことは重圧も大きい。

「俺の気遣いが足りなかった」

謝って、明臣は沙保子を連れてテラスに出た。一階なので、地上からの高さはない。冬の夜空に、星が遠く霞《かす》んで見える。

「……外は外で寒いな」

「はい。ですが、風が気持ちい……」

柵に手をかけた沙保子が、絶句した。何に驚いたのかと視線をそちらに向けると、植込みの影から飛び出した男が、銃を構えていた。

「……沙保子！」

咄嗟に沙保子を引き寄せ、床に倒した。次いで身を伏せようとした一瞬のうちに銃声が響き、明臣の左肩に激痛が走る。直後、血が噴き出した。

会場内が騒然となり、警備員達が駆けつけてくる。その喧噪を聞きながら、明臣は血が溢れる肩を押さえて蹲《うずくま》る。銃を撃った男は逃げることはせず、倒れた明臣に向けてもう一発放ち、それは明臣の脇腹を掠めて出血させた。

「明臣さま！」

右腕だけで、起き上がろうとする沙保子を押さえつけた。この男が、他に武器を持っていないとは限らない。沙保子を危険に晒すつもりはなかった。

「貴様が！　貴様が、あの時……！　五千円でよかったんだ、それを……！　こんな馬鹿騒ぎに使う金はあっても、俺達を救う金は出せないってことか！　死ね、死んじまえ、東院！」

錯乱した男から沙保子を庇《かば》うのに精一杯で、反撃できない。せめて銃を取り上げられればと思った時、走り寄ってきた警備員が男を明臣から引き剥がした。

「東院さま、ご無事ですか！」

「誰か、警察か軍を呼べ！」

騒々しい声を聞いているうちに、肩と脇腹の傷からの出血のせいか、明臣の意識が薄れていく。沙保子が泣いている声がした。

「明臣さま……明臣さま！」

――泣かなくていい。大した傷ではない。

そう言いたいのに、明臣の意識はそこで途切れた。


沙保子は、目の前の惨劇に言葉を失っていた。明臣が見知らぬ男に銃で撃たれ、血を流している。明臣に組み伏せられた沙保子は、それを見上げていることしかできなかった。

駆けつけた警備員達が、男を引き剥がして連行していく。その様を、ただ見つめていた。

「明臣……さま」

意識を失った明臣が、ぐったりと沙保子の上に倒れ込んできた。その体を抱き留め、沙保子は何度も彼を呼んだ。

「明臣さま、明臣さま……！」

「奥方さま、お手を……すぐに搬送いたしますので」

誰かにそう言われたが、離す気になれない。ぎゅっと抱き締めた沙保子の腕に、明臣の血が滴り落ちてくる。

「奥方さま」

華族の夫人に触れることは躊躇われるのか、警備員達が困惑しているのがわかる。だが、離したら、そこから明臣の命が零れてしまいそうで怖い。

「すぐに手当てしませんと、お命に関わりかねます。ご夫君を死なせるおつもりか！」

責任者らしい男に強い口調で言われ、沙保子は震えながら手を離した。その一瞬で、男達が明臣を担架に乗せた。

ぺたりと冷たい床の上に座り込んだ沙保子の肩に、そっと手が添えられた。機械的に顔を上げると、義母の姿があった。

「立ちなさい、沙保子。病院に向かいますよ」

「お義母……さま」

「あなたも怪我をしているでしょう。手当てしなくては」

明臣に組み伏せられた時、床で少し擦り傷ができた。それだけだ。

「わたくし……」

「泣くのは後でよい。明臣は死んだわけではないのですよ。妻として、夫を支えずしてどうするのです」

厳しい言葉に、沙保子はきゅっと唇を噛んだ。静子の言うとおりだ。明臣を支えなくて、何が妻だ。

「……申し訳ありません、お義母さま。醜態を晒しました」

「夫を想って泣くのは醜態ではありません。ただ、今はその時ではないということ。……さ、立ちなさい」

差し伸べられた静子の手は、優しく温かかった。


白い病室で、明臣は静かに眠っている。出血は命に関わるほどではなかったが、銃弾を取り出す手術の麻酔で、意識が戻っていない。

命に別状はないと言われ、沙保子は医師に何度も頭を下げた。手術中は東院の義父母も付き添っていたが、この後の対応がある為、先程帰宅していった。

東院家が経営する病院の特別室は、豪華なホテルのような内装だ。付き添いが休む為の場所もあり、沙保子は泊まり込みで看病したいと義父と義母に頼み込んだ。それは許され、沙保子は一度屋敷に帰って着替えた後、当座の荷物をまとめてすぐに病院に戻ってきた。

「……明臣さま」

血の気を失った蒼白な顔に話しかける。いつもなら返事をしてくれる明臣は、今はただ眠っている。

寝台の縁に顔を埋め、沙保子は拳を握り締めた。明臣が血に塗《まみ》れていた時、沙保子はただ泣くことしかできなかった。庇われ、守られて――それだけだった。明臣が目の前で傷つけられているのに、見ているだけだった。

情けなさに、涙も出ない。ただ泣くだけならまだしも、搬送の邪魔にすらなってしまった。あの時、窘められていなければ、ずっと明臣にしがみついたままだっただろう。

失いたくないと、強く思った。恋い慕う気持ちは、一生、言わずにいるつもりだった。それは、明臣がいつも傍にいることが当たり前だったから持てた「余裕」だ。

失いそうになって初めて気づいた。沙保子は、明臣が好きで、どうしようもない。失うことなど考えられないほど、焦がれている。

（明臣さまが、お目覚めになったら）

きちんと、自分の想いを告げようと決めた。女の方から言うなどはしたないだとか、そういったことはもうどうでもいい。ただ、あなたを失いたくないと言わなければ――明臣はまた、無茶をしそうな気がする。

明臣は沙保子の想いなど気にも留めないかもしれないが、多少は気遣ってくれるだろう。冷たいようでいて、優しい人だから。

翌日の新聞の一面は、東院財閥御曹司襲撃事件でもちきりだった。孝臣が箝口令《かんこうれい》を敷いただけでなく香美宮達が手配してくれたおかげで、病院には記者達は来ていない。だが、麻酔が切れた後も明臣は眠り続けたので、沙保子はこのまま彼が目覚めないのではないかと気を揉んでいた。

「……さほ、こ？」

夜遅く、自分の寝る布団を用意していた沙保子の耳に、聞き慣れた声が届いた。少し掠《かす》れているが、甘く深みのある声は、明臣のものだ。

「明臣さま」

寝支度を放棄して駆け寄ると、明臣が起き上がろうとしている。慌ててそれを止め、寝台横の椅子に座った。

「……痛みますか？」

「少しはな。……今日は何日だ？」

「六日でございます。……あ、もう七日に変わりますけれど」

「そんなに寝ていたのか」

吐息を零し、明臣は沙保子を見遣った。その唇が乾いていることに気づき、沙保子は水差しを取って明臣に含ませた。明臣の喉が上下し、口元に零れた水を手巾《ハンカチ》で拭った。

「……、もういい。ありがとう」

「……わたくしこそ」

水差しを片づけながら、沙保子は今更湧き上がってきた安堵に涙した。ぽろりと零れた涙を拭って、明臣の隣に戻る。手当てされた傷の辺りにそっと手を当てると、明臣が僅かに顔を顰《しか》めた。傷が痛むのだろうけれど、離れられない。

「何故、お逃げにならなかったのですか」

「君を置いて？　あり得ない」

「そうではなくて。……何故《なにゆえ》、あの者に反撃なさらなかったのですか？　明臣さまは、武道の心得がおありのはず」

　沙保子の問いに、明臣はふい、と顔を背けた。答えたくないらしい。その様子が、沙保子に答えを教えてくれた。

「わたくしを庇う為……ですか？」

「俺にもう少し武道の才があれば、あやつを押さえつけて君を逃がせたが」

「守ってくださいました」

「……」

「でも、明臣さまが怪我をなさっては、わたくしは」

また、涙が溢れてくる。涙腺が壊れたのではないかと思うほど、止めどなく零れていく。

「わたくしは」

　嗚咽《おえつ》を堪えながら、沙保子は、きつく固定された明臣の左手を握った。この上なく大切なもののように、両手で包み込む。

「……お慕い、しています。ですから、わたくしなどを守る為に、無理をなさらないで」

「沙保子……？」

「わたくしなどに慕われても、ご迷惑でしょうけれど。想うことだけは、お許しください」

きょとんとした顔で、明臣が沙保子を見つめる。漆黒の瞳が、沙保子を捉えて離さない。

「迷惑だと、俺は言ったか？」

ぎこちない動きで、明臣の右手が沙保子の手に重ねられる。締まらないなと呟いて、明臣は優しい声で言った。

「君に想われて迷惑だと、そんな馬鹿なことを、俺は言った覚えはない」

「……お慕いしていますとお伝えしたのは、初めてです」

「そうだな。なのに何故《なぜ》、俺の答えを決めつける」

咎める言葉だが、口調は優しく声は甘い。沙保子が困惑していると、明臣は腹筋だけで上体を起こした。

「明臣さま！　傷が開きます！」

「別にいい。――それより、沙保子」

傷に障ると窘めたが、明臣は気にしていない。大きな手が、沙保子の頬をするりと撫でた。

「俺を好いていると思っていいのか」

「それはそうでございますけれど！　お休みになってくださいませ、傷が……！」

「傷はそのうち治る。だが、君の本音は今しか聞けぬ気がする」

頬を包む明臣の手——その親指が、ゆっくりと沙保子の唇をなぞった。ぞくりと震えるような感覚は、快感に近い。

「俺は君が好きだ。君もそうだと、思っていいのか」

「……明臣、さま」

「答えろ、沙保子。……結構、限界だ」

痛みを押しているらしい明臣の言葉に、沙保子は蒼白になったり、真っ赤になったり、忙しく顔色を変化させた。

「……お慕いしています。明臣さまがわたくしを好いてくださるなら、死んでもいいと思うくらいに」

「二葉亭四迷《ふたばていしめい》の訳だったか。君に死なれたら、俺は困る」

生きていたくなくなる、と告げ——明臣の唇が、沙保子の唇に押し当てられる。

それは今までの口づけよりもずっと優しく、初々しいほど拙《つたな》く……同時に、想いを伝え合うものだった。

——その日から、沙保子は仕事の公私混同を始めた。秋津貿易の仕事は、病院に持ってきてもらう。病室で明臣を看病しながら、続き間の居室で仕事をする。明臣の怪我は、後遺症はないが、傷跡は残るだろうと言われた。

「……傷跡が残ってしまわれるなんて」

「別にかまわぬだろう……と言いたいが。君は気にするのか」

「わたくしに傷が残ったら、明臣さまはどう思われますか」

「傷跡そのものは気にならない。が、君に俺以外の者がつけた痕跡が残るのは気に入らない」

子どもじみた物言いの明臣に、沙保子は苦笑した。想いが通じて以来、明臣はわかりやすく愛情を示してくる。恥ずかしがる沙保子を揶揄うでもなく、何が恥ずかしいのだろうと不思議そうにしている辺り、東院家ではこれが普通なのかと疑問に思う。

医師の診察の後、沙保子は明臣の着替えを手伝った。程よく鍛えられた体には、肩口と腹部に真っ白な包帯が巻かれている。その下の傷を思い、そっと指で触れた。

「痛みますか？」

「いや。無理な姿勢を取らない限りは、それほど差し障りない」

強がっているのか本心なのかわかりかねる明臣に、小さく息をつく。

「わたくしを庇ったせいで」

脇腹に触れると、明臣は困ったような顔をした。

「沙保子。あまり煽るな」

「え」

「好いた女の手で触れられるのは、心地よくそそられる」

「そ、そのようなつもりは！」

ただ傷の具合が心配で、と慌てた沙保子に、明臣は苦笑して口づけた。

深い口づけに、沙保子の表情がとろりと蕩ける。それを確かめた明臣は、名残惜しげに沙保子の唇を舐めた。

「甘い、な」

「……紅が甘いのですか？」

「……そういう、情緒のないところも君らしくて可愛いと思う俺は馬鹿なのかもしれない」

沙保子の額に軽く口づけた後、明臣が視線を合わせて問いかけてきた。

「犯人については、何かわかったか？　報道されている以外で」

「わたくしは何も……お義父さまに伺えば、何かわかるかもしれませんが」

「撃たれるほど恨みを買う覚えはない、とは言えないからな。今後のこともある。父上に、一度こちらにお越しくださるよう伝えてくれないか」

明臣の頼みを受け、沙保子は電話交換室に向かった。

交換手に東院家の番号を呼び出してもらって、繋がった先――黒部に、明臣からの伝言を伝える。少し待ってほしいと言われ、十分後にかけ直すと、明日の午後に孝臣と静子が見舞いに行くとのことだった。

翌朝に医師の診察を受け、術後の経過について話し合う。様子を見る為にもう少し入院したら、後は自宅療養でいいと言われ、沙保子はほっとした。

そうしているうちに、孝臣と静子が訪れた。沙保子は扉で区切られた台所に移り、二人が持ってきた見舞いの菓子を開ける。包みを開くと、美しい色合いの練切が並んでいた。

「沙保子」

「あ……お義母さま。お待たせしてしまって……」

「いいのですよ。殿方二人で難しい話を始めたから、席を外しただけ。お茶は私が淹《い》れます」

「お義母さまに、そのようなお手間は」

「私はね、お茶を淹れるくらいはできるけれど、その練切を美しく盛ることはできないの」

沙保子に遠慮させないよう、気遣ってくれているのだろう。沙保子は静子の配慮をありがたく受け取り、練切を皿に盛った。

それと茶飲みを盆に載せた時、孝臣の怒鳴り声が聞こえてきた。

「――だから、賊は『美緒』という娘から聞いたと言っておるのだ！　その娘が言わねば、賊が新年会の詳細を知ろうはずがない！」

聞き慣れない大声にびくっと震えた沙保子を、静子が慌てて支える。

「沙保子の血縁だからと庇い立てするつもりか!?　我が家は嫡男を殺されかけたのだぞ！」

何を言われているのか、理解できなかった。なのに、その意味だけはわかる。――美緒が、沙保子の従妹が、明臣を傷つけた。

「沙保子！」

静子の呼び止める声を振り切って、沙保子は病室から逃げるように駆け出していた。

美緒が、明臣を傷つけた。

そんな美緒と同じ一族であることが、これほど恥ずかしく情けなく思ったことはない。同時に、逃げ出すしかできない自分に向けた怒りが、沙保子の中で荒れ狂っていた。

9.

どうやら、無意識に市電を乗り継いだらしい。慣れとは恐ろしいものだ。目の前の建物を見て、沙保子は自分を嗤った。

秋津侯爵家。生まれ育った屋敷。門扉を押して敷地に入り、玄関の引き戸を開ける。声もかけずに佇んでいたら、奥から女中が出てきた。

「どなたさまで……まあ、沙保子さま！」

佳恵ほどではないが、親しくしていた女中だ。部屋に通そうとする女中に、佳恵を呼んでほしいと頼んだ。

三和土《たたき》の前で立ち竦んでいる沙保子に戸惑ったのか、女中は足音を立てずに奥へ戻っていった。まだ怒りと苛立ちは収まっていない。どくどくと早鐘を打つ胸を押さえ、沙保子は佳恵を待った。

「沙保子さま、お待たせいたしました」

「……佳恵」

「男爵家のご夫人が、このような場で立ち話など、許されません。お部屋にお入りください」

かつての自室に通そうとする佳恵を遮り、玄関に程近い和室に入る。沙保子が座ると、佳恵は入り口近くに控えた。

「……佳恵。聞きたいことがあります」

沙保子は、床の間に飾られた花をぼんやりと見つめながら口を開いた。

「はい」

「……明臣さまのお怪我のことは、知っていますね？」

「はい。旦那さまから伺いました。お見舞いをと、奥方さまも……」

「そのことで聞きたいのです。……お父上が伏せられた時、明臣さまがこちらにいらしたそうですね。その時、……その時、美緒が来たのですね？」

沙保子の脳裏には、既にその顔が浮かんでいる。だが、確証がない。確証が欲しいのか、欲しくないのか――自分でもわからない沙保子に、佳恵がおずおずと答えた。

「はい。旦那さまのお見舞いにいらしたのですが、東院さまがいらっしゃると申し上げたら、お話ししたいとおっしゃって……」

佳恵が告げた言葉に、沙保子は黙って目を閉じた。――やはり、という思いで胸がきゅっと痛んだ。

「沙保子さま？」

長い沈黙を疑問に思ったらしく、佳恵が慎ましやかに名を呼んだ。沙保子は、目を閉じたまま命じる。

「美緒に、今すぐここへ来るよう使いを出してください」

「今すぐ……で、ございますか」

「学校は終わっているでしょう。習い事があるなら、それを中断して来いと伝えなさい」

初めてといっていい沙保子の強い口調に、佳恵は黙って頷いた。

「お姉さま！」

シン、と底冷えのする部屋に似つかわしくない、明るい声がした。夫が重傷を負っている従姉《いとこ》にかける声音ではない。

「美緒。そこに座りなさい」

「お姉さま、今日はお着物なのですね。いつもの洋装の方が、美緒は好きです」

「わたくしの装いなど関係ありません。座りなさい」

切り捨てるように言うと、さすがに沙保子の様子が違うと察したらしく、美緒は狼狽えながら腰を下ろした。

「お姉さま……？」

「一つだけ聞きます。――東院家の新年会のことを誰に話しましたか」

虚偽を許さない意志を宿した声に、美緒がびくりと震える。そして、愛らしく首を傾げてみせる。

「華宮の皆は知って……」

「華宮の生徒以外で、です。美緒。わたくしは言葉遊びをするつもりはありません。卑しくも伯爵家の娘なら、己の言動には責任を持つよう言われているはずです。……誰に、話しましたか」

問いを重ねた沙保子の視線から逃れるように、美緒は俯いて顔を伏せた。

「……知りません」

「美緒」

「本当に知りません！　名も知らぬ男だもの！」

開き直った美緒に、沙保子は冷ややかな笑みを刷いた。同時に、胸の奥に氷の塊を入れたように心が冷えていく。明臣に申し訳なくて、合わせる顔がない。

「……それで『知りません』が通じると思っているのですか」

「お姉さ……」

「あなたの迂闊な言動の結果、明臣さまは怪我を負われました。あなたは惣川伯爵の保護下にあるから、このことで警察が動くかどうかはわたくしにはわかりません。ですが」

獅子の前の兎のように怯えている美緒に、一番効果的だろう言葉を告げる。

「わたくしはもうあなたには会いません。従姉妹《いとこ》としての付き合いもしません。——二度と、わたくしを『お姉さま』と呼ばないでください」

「お姉さま！」

どうして、と叫ぶ美緒に、沙保子は抑えていた怒りが煮立ったような気持ちになる。きつく睨みつけると、美緒が仰け反った。

「どうして？　そのようなこと、わたくしが問いたいことです。どうして、明臣さまを陥れるような真似をしたあなたに、わたくしが今までどおりに接すると思えるのですか」

「だ、って……あの男は、お姉さまを……美緒は、お姉さまをお助けしたくて」

「――佳恵。美緒さまを、惣川伯爵家にお送りしなさい」

部屋の隅に控えていた佳恵に命じ、沙保子はすっと立ち上がった。

「お姉さ……！」

「もうお会いすることはありませんが、ごきげんよう、美緒さま」

他人としての挨拶をし、沙保子は部屋を出た。襖を閉める間際、涙顔の美緒が目に入り、心が痛まないと言えば嘘になる。

だが、沙保子は明臣が大切だ。美緒よりも、誰よりも大切だ。その明臣を傷つけた原因である美緒とは、もう会うことはない。

「……さようなら、美緒」

小さく呟いて、沙保子は秋津家を後にした。玄関を出て門まで歩くと、そこに自動車が停まっている。

「お義母さま……」

「私は忙しいのですよ、沙保子」

気怠《けだる》げに呟いて、静子は車に乗れと促してきた。

「なのに、息子はそんな母を労りもせず、飛び出した嫁を連れ戻せと言う。挙げ句、迂闊なことを言ったと旦那さまにまで噛みついて……ほら、早く乗りなさい」

うんざりだわと言いながら、静子は車内から手を伸ばして沙保子の乗車を助けてくれた。

「あなたが出ていったと知った明臣の顔ときたら。……あれほど元気なら、退院してもいいのではないかしら」

「……」

向かいに座った沙保子に、静子は手厳しい言葉を続けた。

「沙保子。あなたの縁者が、賊にいらぬことを言ったのは事実です」

「……はい」

「それをあなたの責任と思うなら、明臣にそう言いなさい。あなたのせいではないと、明臣は言うでしょうから。そのような慰めが欲しいなら、そうなさい」

淡々と告げられ、沙保子は唇を噛んだ。慰めなどいらない。沙保子の従妹が、明臣の怪我の原因になったのは事実だ。

「旦那さまは、相手に抗議するとおっしゃっているけれど。私は、子どもの喧嘩《けんか》に親が出るほど恥ずかしいことはないと思うのよ」

さらりと言って、静子は沙保子に向けて微笑んだ。

「旦那さまも私も、明臣は可愛い。たった一人の子ですからね。けれどね、沙保子」

沙保子の冷え切った手に、静子の手が触れる。優しい「母」の手が。

「あなたも、私達の可愛い娘なのですよ」

「お義母さま……」

「家柄がいいだけの、お人形のような嫁かと思っていたのだけど」

優しい手が、沙保子の髪を撫でる。その手つきは、明臣に似ている。

「私は、あなたが好きですよ」

――旦那さまも、本当は気に入っていらっしゃるし。

秘密を告げるように微笑んで、静子はいつまでも沙保子の髪を撫でてくれた。その優しさが温かくて、沙保子は溢れそうな涙を堪えるのが精一杯だった。

病院の入り口で静子と別れた沙保子が病室に入ると、不機嫌そのものの明臣が寝台で休んでいた。

「……戻ったのか」

「はい」

　お互い、気まずさで端的なやり取りになる。深く息をついて、明臣が沙保子を見つめた。その瞳は、静かに凪《な》いでいた。

「……父が、悪かった」

「いいえ。お義父さまのお怒りはご尤もです。わたくしも、怒っております」

「惣川の令嬢は、新年会があると告げただけだ。罪には問われまい」

「はい。ですから、わたくしが絶縁してまいりました」

「……沙保子？」

「不愉快です。明臣さまが傷つけられたことも、そのような事態をわたくしの従妹が引き起こしたことも。申し訳ないと思うより先に怒りがおさまりませんので、美緒さまとは絶縁してまいりました。後で両親にも知らせます」

　明るく言う沙保子に動揺したのか、明臣が体を起こした。左肩に痛みが走ったらしく、眉を顰めている。慌ててそれを支えながら、沙保子は言葉を続けた。

「美緒さまのことは、わたくしがお義父さまからお叱りを受けます。ですから、明臣さまの怪我はわたくしのせいだと思ってください」

「……君のせいではないだろう」

「わたくしのせいにしてください。……そうでないと、腹立たしくてなりません。明臣さまのお体に残る傷が、わたくしではなく美緒さまのせいだとおっしゃられたら、わたくし、嫉妬でおかしくなりそうです」

悋気《りんき》は恥ずべきものだと思っていた沙保子だが、口にしてみると、驚くほど心が軽くなる。だから隠すことはしないでいようと決めた。

「あなたに傷をつけるのは、わたくしだけでありたいのです」

「……俺の妻は、とんでもない口説き方をする」

呆れたように笑って、明臣は沙保子を抱き寄せた。

「俺とて、君に傷をつけるのは俺だけでいい」

「わたくしの傷を癒やしてくださるのは、明臣さまだけですが」

「そうだな。俺もだ。傷つけ合って癒やし合うとは、何とも世に例のない夫婦だ」

笑い出した明臣に、沙保子も微笑んだ。

「沙保子」

そっと抱き寄せられて、沙保子は素直に身を委ねた。明臣に望まれることに、否を唱えるつもりはない。

やわらかく唇が重ねられ、静かな病室に衣擦れの音が響く。

「……無理は、なさらないでください」

口づけの合間に懇願すると、明臣は美しい眉を不満そうに顰めた。

「傷はそれほど痛まない」

「少しは痛むのでございましょう？　明臣さまがつらい思いをされるのは、わたくしは嫌なのです」

「……君は存外、我が強い」

そう言いながら、明臣はもう一度唇を重ねてきた。

「口づけは拒むな」

「はい」

「……それ以上も、拒むな」

「……はい」

拗ねたような物言いに微笑んで、沙保子は繰り返される口づけを受け入れた。重ねた唇から与えられる快感は、つい先程、子どもじみた我儘を口にした人とは信じられないほどの熱情に溢れている。

「ん……っ」

抑えきれない声を零すと、明臣は満足げに目を細めた。秀麗な顔立ちが、愉しそうに笑みを浮かべている。

「沙保子」

口づけの合間に呼ばれる名が、泣きたいほど愛しかった。自分の名前が、明臣に呼ばれるだけで、どうしようもなく愛しくなる。

「君は俺だけのもので——俺は、君だけのものだ」

沙保子の耳裏に強く吸いついた明臣が、赤い所有痕を刻む。

「明臣、さま」

「君に呼ばれると、名前すら心地いい」

ぎゅっと明臣の病衣を握り締めた沙保子に、明臣は熱っぽく囁いた。同じことを感じている幸せに、沙保子はこくりと頷く。

明臣の手が、沙保子の着物の合わせをはだける。淡黄地に赤い椿を刺繍した縮緬の着物は、沙保子の肌の白さを引き立てていた。

「あ、の」

「医師の診察は終わったし、食事の時間でもない。誰も来ない」

人目を気にする沙保子にそう言って、明臣は胸元から手を忍び込ませる。襦袢《じゅばん》も乱して沙保子の素肌に触れ、乳房を包んだ。

「っ、ん……」

「——君に触れたい」

沙保子の肌を嬲りながら、明臣は我儘な子どものように甘えてくる。それが嬉しくて、沙保子は強く拒めない。

「相想いしているとわかったのに、触れずにいられるか」

「お怪我、が……っ」

「痛まないと言っている。聞き分けろ、沙保子」

まるで沙保子が頑是ない子どもだとでも言いたげに、明臣はやわやわとした愛撫を続けている。やわらかくもどかしい愛撫に、沙保子は堕ちてしまいそうだった。

「あ……っ」

指の間で乳首を挟まれ、扱かれる。常とは違う触れ方に、沙保子の体が震えた。明臣に教えられ、望まれるとおりに反応するようになった体は、沙保子の支配下にはない。すべて、明臣の思うままだ。

くいっと顎を持ち上げられ、口づけが落ちてくる。啄むような淡い口づけを繰り返し、明臣は唇で顔を、指で乳房を愛撫していく。

耳朶を摘まれると、ふるりとした快感が走った。ん、と身を竦ませた沙保子に、明臣は深く口づけた。

唇を合わせるだけで気持ちいいのに、舌で舐められると、体に力が入らない。くたりと脱力した沙保子を抱き締め、明臣の舌が口内に入ってきた。

「ん、ん……っ」

熱を分け合うような口づけに、沙保子は明臣に縋りついた。舌を絡ませる度、濡れた音が室内に響く。

「沙保子」

首から肩の稜線に唇を這わせ、明臣がいくつかの痕を残した。深い口づけから解放された沙保子は、とろんとした瞳で明臣を見つめる。

「これ以上は……耐えられなくなるな」

欲を押し殺した声で、明臣は沙保子の額に自分のそれを合わせた。

「……この痕が消えぬうちに、また」

熱の籠もった声で囁いて、明臣は沙保子を抱き締めた。よく鍛えられた体躯が、沙保子を包み込む。

沙保子が初めて欲した人が、沙保子を欲してくれている。それが、幸せというものなのだと知った。


明臣が退院した日は、快気祝いとして家族で食卓を囲んだ。義父母も機嫌がよかったが、特に孝臣は「そろそろ孫の顔を見たい」と言い出して、静子に「気遣いというものを学ばれなさいませ」と窘められるほどだった。

「そうですね、できるだけ早くに叶えたいと思います」

明臣までそんなことを言うものだから、気恥ずかしい思いをしたのは沙保子だけらしい。

そして今、沙保子は寝台の上で明臣に縫い止められている。

夜着一枚だけは許されているが、冬の冷気は肌を刺す。が、それは体が上気するほど愛撫されている証でもあった。

「寒いか？」

問いかけられた沙保子がこくりと頷くと、明臣は機嫌よく笑った。そのまま沙保子の夜着に手をかけ、ゆっくりと開いていく。

沙保子の肌は薄らと桜色に染まり、常より熱くなっている。ふるりと零れた乳房をやわく包んで、明臣が壊れ物を扱うように触れた。

沙保子の顔や首、肩に明臣の唇が触れては離れる。くすぐったさと微かな快感に、体が明臣を受け入れる準備を始めた。

顎を持ち上げられたかと思うと、口づけられる。薄く開けた唇の隙間から、明臣の舌が忍び込んできた。口腔内を舐める舌の感触に、ぞくぞくする。歯を舐められた時、感じたものは確かに快感だった。

「ふ……っぁ、ん……」

まだ上手く息ができなくて、鼻にかかった声が漏れる。それでも、口内を舐る舌の動きに合わせようと、必死で後を追った。気づいた明臣が、沙保子の舌を絡め取る。

ちゅ、と濡れた音がして舌が絡み合う。沙保子は両手を明臣の背に廻し、明臣も沙保子を抱き締めている。褥《しとね》の上で、半ばまで脱いだ服がもどかしいほどに睦《むつ》み合っていた。

つうっと銀の糸を引いて唇が離れ、そのまま沙保子の顎に口づける。顎から喉、首、鎖骨を辿る唇が、肩口をやわく噛んだ。

大きな手が乳房を揉みしだく。包み、捏ねるように揉まれると、先端に神経が集中した。そこには触れず、明臣の指が繊細な動きで乳首の周りを撫でた。

「ん、はるおみ、さま……」

辿々《たどたど》しく名を呼んでも、明臣は返事をしない。沙保子の肌を暴き、貪りながら痕を残していく。鬱血した赤い痕が増える度、沙保子の体内で快楽の埋《うず》み火がちりちりと燃えた。

乳房に吸いついて愛撫する明臣の髪に指を差し入れると、抱き締める形になる。あまり大きくはない胸だと自覚しているが、明臣は愛しげに愛撫し、口づけている。

かぷりと、乳首ごと口に含まれる。濡れた口内に迎え入れられた乳首が硬くしこり、過敏になったところを舌で転がされた。軽く歯を立てて扱かれると、痛いくらいの快感に包まれた。

「あ、ん、ん……っ」

「胸が弱いな、君は」

乳首を食べながらもう一方の乳房をぷるんと持ち上げて、明臣が愉しそうに笑う。その笑みの微かな動きが心地よくて、沙保子は身をくねらせた。

「それから、ここも」

そう言って、明臣の手が沙保子の手首を掴む。そこに口づけられたかと思うと、唇が手のひらをゆっくりと愛撫し始めた。

「あ、ん……っ」

明臣の手が伸びてきて、唇の輪郭を確かめるように撫でる。そのゆっくりとした動きに、体が反応する。

「沙保子は唇も弱い。だから、接吻は好きだろう？」

悪戯っぽく笑いながら、明臣は見せつけるように沙保子の指を口に含んだ。ぬるりと舐められ、体の奥が熱くなる。指の根元から爪の先まで舐め尽くされ、味わわれる。全身を食べられているような錯覚に、沙保子は目眩がした。

明臣は沙保子の指を解放し、今度は耳を愛撫し始めた。同時に、その指先が沙保子の手のひらで遊ぶ。緩やかに指先で撫でられただけで、信じられないほど気持ちよかった。

耳は明臣の唇で食まれ、舌が全体を這うようにくすぐる。耳孔を舌先でつつかれた時は、体が大きく跳ねた。

「どこを触っても、君は可愛い」

「あ……！」

はしたないと思うのに、気持ちよくて耐えられない。裏手で敷布を握り締めたら、気づいた明臣が拳に口づけてきた。

「ん、あ……っ」

「ここもか？　閨での君は、本当に淫らだな」

甘い責め苦に、沙保子は乱れた呼吸を繰り返す。耳や首筋を愛撫している明臣が、気が向くと口づけてくるから、声を上げることもままならない。

明臣が沙保子の体を抱き起こし、深く口づけてくる。濡れた水音が響く中、触れ合った熱が淫靡《いんび》だった。ゆっくりと体を反転させられ、沙保子はやわらかな寝台にうつ伏せられた。夜着は帯でかろうじて引っかかっているだけで、背中は無防備に明臣の眼前に晒されていた。

零れ落ちた髪を払い、明臣がうなじに口づける。ちゅうっと吸い上げられ、そこがじんわりと熱を持った。

「明臣、さま、見える……ところは……っ」

沙保子の懇願を塞ぐように、明臣の手が押し潰された乳房を包み込む。敷布の上でふにゃりと潰れていたふくらみをふわりと揉まれ、沙保子は両手をついて仰け反った。

その背中にも唇が這い、痕を残す。時折強く吸われて、沙保子はその度に震える体を何とか押さえつけていた。

明臣の手が腰を掴み、持ち上げる。猫のような体勢を取らされ、沙保子は狼狽えた。

「明臣さま」

「深く繋がる為の体勢だ。もっと奥に欲しくないか？」

「……っ」

何ということを言うのだろう。羞恥に顔を染めた沙保子の耳元で、腹部を撫でながら、明臣が蠱惑的《こわくてき》に囁く。

「俺は、君の一番奥に挿入りたい」

「そ……れは」

「めちゃくちゃに突いて、君の乱れた声を聞いて、感じる姿を見たい」

「は……ずかし……っ」

恥ずかしいと言い終える前に、沙保子は声にならない嬌声を零した。明臣の指が、沙保子の秘花に押し入ったからだ。

「あ……っ、あ……！」

「もう濡れている。君の体は俺の望みを叶えてくれそうだ」

「あ、っん、ぁん……っ」

くちゅくちゅと音を立てて指を抽送される。親指で淫核を弄《いじ》られると、どくっと蜜が溢れ出たのがわかる。まだ蜜壺の浅い部分を行き来されただけなのに、快感に溺れやすくなっている自分の体が恥ずかしかった。

羽枕に顔を埋めて羞恥に耐えていると、明臣の指が大胆に動き始めた。ずぷりと指を根元まで咥《くわ》えさせ、中を拡げるように動かしながら、肉の花片を開かせる。やわらかな花は愛撫を素直に受け止め、沙保子に快感を与えてくる。

「っん、あ……っ」

「指だけでは足りないか？」

蕩けるように甘い声が耳に直接注がれ、沙保子の羞恥心を剥ぎ取っていく。ぬちぬちといやらしい音がして、沙保子の下半身はぐずぐずに溶けてしまった気がした。

「ん、ん……っ」

声を殺しきれずに啼いていると、明臣が笑った気配がした。指が抜かれ、高く持ち上げた腰に吐息を感じた瞬間、ソコを熱い舌が這う。

「あ、っあ……！」

泥濘《ぬかるみ》の中の花を愛《め》でるように、明臣の唇と舌が沙保子の秘花を食べる。狭い隘路に舌が差し込まれ、指とは違ったやわらかさと熱さに、腰ががくがくと揺れた。沙保子からは見えない体勢での愛撫だけに、他の感覚——聴覚と触覚がより強くなっている気がする。

舌先で襞を確かめるように愛撫され、胎内がひくついて震えた。物欲しげに蠢く自分の体が恥ずかしくて、沙保子は泣きそうになった。が、快感が強すぎて泣くこともできない。浅ましく揺れる腰が疎ましかった。

「……中は溶けきってやわらかいな」

溢れた蜜を啜りながら呟いた明臣の言葉に、沙保子は耳を塞ぎたくなる。

「も……、や……っ」

「ん？」

「いや……！」

恥ずかしさと気持ちよさで、訳がわからない。半分泣きながら訴えた沙保子に、明臣は深い声で問いかける。

「俺にこうされるのは嫌か？」

「ちが……っ、明臣、さま、でないなら、死にます……っ」

当たり前だ。明臣以外の誰かにこんなことをされるなら、その前に舌を噛んで死ぬ。

「では、何が嫌なんだ？」

「っあ、はず、かしい……のです、浅まし……い」

くちゅくちゅと花を弄られながら問われ、沙保子は体を震わせて答えた。気持ちいいのに、恥ずかしい。恥ずかしいから、余計に気持ちいい。被虐的な思考に、自分が恥ずかしくてならない。

「好いた女が、己の前でだけ乱れてくれるのは、俺としては嬉しい。可愛くて仕方ない」

そう言って、明臣は沙保子の淫核をきゅっと摘まみ、押し潰した。

「あ、あ――！」

脳裏が真っ白になり、眼裏《まなうら》に火が散った。達したのだと理解する前に、明臣が沙保子の腰を抱えた。後ろから宛がわれた彼自身は熱くて硬い。

「力を抜いていろ、沙保子」

ぐっと腰が押しつけられ、明臣が胎内に挿入ってくる。熱くて硬い、圧倒的な質量に、沙保子は短く浅い呼吸を繰り返した。

「今日も狭いな。そのくせ、俺を銜《くわ》え込んで離さない」

優しい声で嬲られて、沙保子は敷布に爪を立てた。最奥まで穿たれたことはあるが、今までとは角度が違う。明臣が言ったとおり、より深くまで貫かれている。

「あ……っ」

沙保子が快感に耐えかねた吐息を零すと、胎内の明臣が更に硬く、大きくなった。ぐうっと広げられた膣路が、元に戻ろうと明臣に絡みつき、締めつけたのがわかる。

「だから、狭いと言っているだろうに」

「あ、っあ……っ」

ゆるりと腰を揺らされ、背後から突き上げられる。張り出した部分が柔襞を削り、硬い先端で粘膜を擦られた。

「ん……っあ、あ……っ」

敷布を掴んだ沙保子は、獣のような体勢で抱かれている。その羞恥と背徳感が、沙保子の官能を深く煽っていた。

ぐっと貫かれたと思うと、ずるりと抜き取られる。明臣の腰が打ちつけられる度、ぐちゅぐちゅと淫らな音がする。律動に合わせ、肌を打つ音が響いた。

「っあ、ん……っあ、ふ、……っ」

溢れる快楽を声にすることでやり過ごし、沙保子は明臣の欲を受け止めた。深く突かれ、弱い部分を刺激される。擦られ、抉られるのは、おそろしく気持ちよかった。

「こんなにも淫らな体で、半年前までは処女《おとめ》だったなど、誰も信じないだろうな」

「あ……っ、明臣、さまが……知って、いて、くださ……る、なら」

それでいいと言おうとしたら、明臣の手が沙保子の顎を掬い、苦しい体勢で口づけられた。

「あまり、可愛いことを言うな。止まらなくなる」

「だ……って、本当のこと……あ、あ……！」

「だから。——本当に君は可愛い」

諦めたように言って、明臣は再び沙保子の体を蹂躙した。嬲るように突き上げ、絡みつく蜜路から離れてはまた挿入ってくる。激しい抽送に、沙保子は気を失わないようにするのがやっとだった。唇をきつく噛み、その痛みで意識を保つ。

「ん……っ！」

ズン、と一層深いところを突かれた時、きゅうっと腹の奥が締まるのを感じた。同時に、明臣が息を詰めたのがわかる。

「淫乱な体だ。男を悦ばせる為につくられたような体だな」

沙保子の体の稜線を辿りながら、明臣が吐息だけで囁いた。その言葉に、沙保子は体を捻って振り返る。

「明臣さまは、ご満足……です、か……？」

「満足だ。――だが足りない」

そう笑って、明臣はまた律動を速めた。打擲音《ちょうちゃくおん》と濡れた音が響き、沙保子は明臣に与えられる快楽に溺れる。明臣がその嬌態を満足そうに見つめ、深々と沙保子を貫いた。

「……ああ。ここも、可愛がってやらなくてはな」

沙保子の花芽をするすると撫で、ぷっくりと膨らんだ淫核を擦り上げる。明臣の指先が、どこまでも優しく淫核を愛撫した。

「あ、っあ……んっ……！」

「君は泣いた顔も、啼き声も……何もかも可愛い」

注がれる甘い睦言に、沙保子の膣が蠕動する。その反応に、明臣はふっと笑った。

「こうして褒めてやると素直に反応して……俺を悦ばせる」

可愛い、ともう一度言い、明臣は激しく抽送を始めた。犯されるような乱暴さが、沙保子の官能を引きずり出そうとする。

「あ、っあ……っ、はるおみ、さま、つよい……っ」

手加減してくれと泣いても、明臣の動きは激しさを増すばかりだった。そして、沙保子の体もそれを気持ちいいと受け入れている。

「ん、っあ……！」

くりくりと淫芽を擦りながら突き上げられて、腰が揺れる。沙保子の動きと明臣の律動が重なって、不規則な揺れが互いの絶頂感を煽っていた。沙保子には、子宮が下りてきた感覚がある。

「あ、だめ、もう……もう……っ」

「……っ」

明臣が息を殺した次の瞬間、沙保子の体がびくんと強張《こわば》り、弛緩した。内襞が生き物のように蠢き、明臣を締めつけたのがわかる。

「……っ、沙保子……っ」

胎内の明臣がびくびくと震え、どろりとした熱が奥深くに広がっていく。注がれ続ける精をすべて受け止め、沙保子は全身で歓喜を伝えた。

「……きつかったか？」

まだ繋がったまま、明臣は沙保子に問いかける。全身で愛撫を受けた沙保子は、息も絶え絶えに頷いた。

「すまない。加減できなかった」

「いいえ。わたくしは……明臣さまの、妻ですから」

ほわりと微笑んだ沙保子の中から自身を抜き、明臣が苦笑した。何度も繰り返した言葉に、今までとは違う想いが込められていると気づいたのだろうか。

「そうやって俺を甘やかすと、もう一度抱くぞ」

「……少し休ませていただけるなら」

かまいませんと告げると、明臣は驚いた顔になって――次いで、破顔した。

「無理はさせたくない。今日はもう休め。……別に、これが最後というわけではない」

「……はい」

愛し、愛されていると知った上で肌を重ねることは、とても幸せで。沙保子は、明臣の腕の中で眠りに落ちた。

10

明臣の左肩の傷が癒えたのは、早春の頃だった。遅咲きの梅と早咲きの桃が、東院家の庭園で競うように咲き誇っている。紅梅と桃が、澄んだ青空に映えて美しい。

まだ療養中の明臣は、自室で新聞を読んでいる。そこには、東院財閥御曹司襲撃犯の顛末《てんまつ》が書かれていた。融資を断られ、困窮した挙げ句の凶行——よくある話だけに、最初は襲撃犯に同情している者も多かった。

が、ある頃を境に風向きが変わった。恐らく、孝臣から抗議された惣川家が、娘の関与が公表される前に手を回したのだろう。今は、襲撃犯は逆恨みを拗《こじ》らせたと評され、怪我をした明臣に同情が集まっている。

今日は、沙保子は秋津貿易に出社している。男装をやめて数か月経っても女物の洋装には慣れないようだが、その様子も可愛いと言ったら赤くなって抗議してきた。それも可愛かった。

部屋の窓を開け、春の風を受けながら外を眺める。計算し尽くして植林された日本庭園の向こうに見える、殆ど手入れされていない雑木林が明臣は好きだった。そのうち、沙保子と二人で散歩してみようかと思う。

昼食を終えた頃、孝臣に呼ばれた。私室を訪ねた明臣に、父は座るように促した。

「おまえを襲った賊だがな」

執務用の机に座った孝臣が、苛々した口調で切り出した。

「惣川の娘が、情報を与えたことは確定した。が、伯爵家の娘だ。裁くことはできん」

「そうでしょうね」

予想していた明臣に、孝臣は不満げにトントンと机を指で叩いた。

「腹が立たんのか」

「あの令嬢は、何が悪かったのかわかっていませんから。言うだけ無駄です」

「む……」

「それに、惣川伯爵家は取り立てて抜きん出たものはありません。しかし今後、何かあれば」

皆まで言わずとも、孝臣はすぐに理解した。今回のことを不問にする代わりに、惣川家への優位性を得ると把握したのだ。

「当家は高位華族の知己はいますが、力添えしてくれる家は少ないでしょう。その点、惣川家は、沙保子の実家繋がりということで、当家に肩入れしてもおかしくない理由はつけられる」

「先々への投資と考えれば……引き下がってもよいか」

顎に手を当てて考え込む孝臣に、明臣は落ち着いた口調で話しかけた。

「そうですね。それから、父上」

「ん？」

「どうして、惣川の令嬢が関わっていたとおわかりに？」

「こちらは被害者だからな。警察も情報はくれる。今回は相手が伯爵家ということで、なかなか明かさなかったが」

鼻薬でも嗅がせたのだろうと察し、明臣は呆れて溜息をついた。

「犯人の自白もあった。美緒という名の、制服を着た女学生に、新年会の情報を教えてもらった、と」

「そこから惣川の令嬢に辿り着いたのですか」

「警備員が、犯人と娘の顔を覚えていた。銀行の前で小競り合いしたそうだからな」

「……それで？」

「この辺りで女学校といえば華宮くらいだ。生徒の名簿から『美緒』という名をあたったら、惣川の娘だとわかった」

父はかなり、捜査に介入していたらしい。明臣がもう一度嘆息すると、孝臣はふんと鼻を鳴らした。

「やりすぎだと言いたいのか。たった一人の跡取り息子を殺されかけて、黙っていられるわけがなかろう」

「そこはかまいませんが。……沙保子がいる場所で、お話しになった不手際は忘れていませんよ」

「……ちと、頭に血が上ったのだ。おまえが、賊はともかく口を滑らした者を責める気はないなどと言うからであって……」

決まり悪そうに言う父に、明臣は苦笑してみせた。

惣川家は今頃、東院家から訴えがくるのではないかと怯えているだろう。訴えるつもりはないが、わざわざ説明して安心させてやる予定もない。

「法的に責めるつもりがなかっただけですよ。実際、あの令嬢には、沙保子に絶縁されたことが何よりの制裁です」

「それほどか」

「それほど、でしたよ。少なくとも俺が会った限りでは、ですが」

「ふむ……静子も沙保子を妙に気に入っておるしな。おまえの妻は女たらしか」

「俺としては、男たらしよりはましですね」

わりと本気で言ったのだが、孝臣は冗談だと受け取ったらしく大笑した。そして、抽斗《ひきだし》から数枚の書類を出した。

「沙保子に渡せ。わしからの、失言の詫びだ」

「これは？」

「秋津家への支援の約定だ。これから先、東院家は、沙保子が望む限りずっと秋津家を支援する。家計も、仕事もだ」

「父上……」

「それを使って、沙保子の兄を呼び戻せ。その後のことは、おまえと沙保子が話し合って決めればよい」

そう言って、孝臣はにやりと笑った。

「おまえが支援するつもりだったのだろうがな。その程度で妻に恩を売ろうとするな、青二才が」

「別に恩を売る気はなかったのですが。沙保子が喜ぶならと思っただけで」

これも本心だ。沙保子が秋津貿易を守りたいならそうすればいいし、兄に継いでほしいと言うなら、和紘を探し出してやろうと思っていた。が、沙保子は四年後を待つと笑ったから、今は和紘の動向を探らせる程度で留めている。

「妻に骨抜きになりおって」

「父上も、母上にはお弱いでしょう。家系ですよ」

明臣が言い返すと、孝臣は思い当たることが多いらしく、押し黙った。その様子に笑って、明臣は父に頭を下げる。

「礼を申し上げます」

「いらん。沙保子からも改めて礼はさせるでないぞ。詫びに礼などされては恥ずかしいわ」

「はい」

強情な父だが、本当に礼を拒むことはないだろう。沙保子が礼をしたいと言ったら、父の密かな趣味——短歌の添削でも頼むことにしようと思う。

東院家当主の署名捺印と花押《かおう》が記された正式な書類を手に、明臣は自分の部屋に戻った。珈琲を持って来させて久しぶりの苦味を味わっていると、沙保子が帰ってきた。

「戻ったか」

「はい。ただいま戻りました。お加減は如何ですか、明臣さま」

「頗《すこぶ》るいい。問題ないから、明日から仕事に戻りたい」

「いけません。明後日診ていただいてから、というお約束のはずです。そもそも、明臣さまはご自分のお体をきちんとおいといになりませんから、傷の治りが遅くなって……」

叱り始めた沙保子に、いつ父からの書類を渡そうか。渡したら、どんな顔をするだろう。そう思いながら、明臣は沙保子の説教を心地よく聞いていた。

＊　＊　＊

それから三月《みつき》があっという間に過ぎた。

ここのところ、目眩と吐き気が続いていた沙保子は病院を訪れ、年が明ける頃には母になる旨を告げられた。

「おめでたでございますな」

「……子が」

腹は殆どふくらんでいない。着つけ直した帯に手を当てた沙保子に、医師は妊婦の心得などを説明し始めたが、どこか他人事のようで、母になる——いや、既に母になった自覚は持てなかった。

「若奥さま。ご診察の方は如何でございましたか」

帰りの自動車の中で、病院まで同行してくれた琴に聞かれた時、沙保子はほうっと息を吐いた。

「病ではないそうです」

「それはよろしゅうございました。若さまも安心なさいましょう」

「ただ、あの……明臣さまには、ご報告しなくてはならないことが」

勘のいい琴はそれで察したらしく、追求はしなかった。ただ「お食事のお好みなどは、いつでもお申しつけくださいませ」と気遣ってくれた。

それに頷いて、沙保子はぼんやりと窓の外を眺めた。母になった喜びより、戸惑いと不安が大きかった。

東院邸に戻ると、琴に急《せ》かされて着替えた。体を締めないゆったりした部屋着が、思った以上に着心地がいい。白湯を用意しながら、琴が助言してくれる。

「旦那さま方へのご報告は、若さまの後になさいませ。ご機嫌を損ねます」

「ご機嫌を？　明臣さまが？」

そんなことで怒るだろうかと苦笑した沙保子に、琴は存外真面目な顔で諭してきた。

「殿方というのは、そういうものです。身分財産地位があろうとも、そこは同じなのでございますよ」

何らかの事情もなく、後回しにされたら拗ねるものだと言われ、沙保子はこくりと頷いた。先達の言葉には従っておいた方がいい。

「若さまがお戻りになるまでは、お休みください。お疲れでしょう」

「今日は、それほどは」

気分も悪くない。元々、沙保子の体調不良を察した明臣が無理矢理「病院に行け」と言わなければ、放置していた程度のものなのだ。それに今後会社を休むなら、汐見や屋代に任せることをまとめておきたい。

――そんな沙保子の抵抗は敢えなく無視され、寝台に押し込まれた。

体調は悪くないのにと思っていた沙保子だったが、ゆったりした部屋着で横たわっていれば眠くなるのは仕方ない。睡魔に包まれ、とろとろとした眠りに落ちた。

ふと目覚めたのは、額に指先が触れたからだ。

「……明臣さま？」

「起こしたか。すまない」

沙保子の前髪を払い、やわらかく口づけた明臣が、愛しげに首元に顔を埋めてくる。大型の猫が甘えるような仕種に、沙保子は小さく笑った。

「いけません」

「体調不良ではなかったと、琴から聞いた。……湯浴みがまだだから嫌なのか？」

「そうではありませんが……いえ、それもありますが」

のしかかってくる明臣を宥めるように抱き締め、沙保子はその耳元に囁いた。

「身籠もりました」

「……」

「ですから、お許しくださいませ」

「…………」

身を起こし、まじまじと沙保子を見つめてくる明臣の顔には、驚愕しかない。子を必要としていた彼は、身籠もる為の行為はしていたのに、実現すると理解が追いつかないらしい。

「子、が？」

「はい」

華やかで美麗な顔が、ぽかんとした表情を湛えている。そうしていると、とても可愛らしくなることに沙保子は気づいた。

「ですから、しばらく妻としての務めは果たせませ……」

「果たしているだろう。何よりのことを」

がばっと起き上がった明臣は、身を起こしかけた沙保子を制し、横たわったままでいろと窘めた。自身は、そのまま寝台の縁に腰かける。

「……そうか。子ができたか」

「はい。授かりました」

「……君は淡々としているな。俺は走り出しそうに嬉しいが」

「嬉しくはありますが、まずはこの子を健やかに産まねばと」

今はまだ沙保子の腹にいる子を、無事にこの世界に産んでから——それからでないと、安心して喜べない。

沙保子がそう言うと、明臣はくすっと笑った。

「相変わらず、俺の妻は生真面目だ。そのように思いつめていては、体に障る。無事に産むことを考えることと、そればかりに囚われることは別だろうに」

明臣は沙保子の髪を掬い上げ、その一房に口づけた。厳《おごそ》かにすら見える姿に、沙保子の胸がとくりと高鳴る。

「だから、今は素直に喜べばいい」

「……はい」

「腹の子のことは、確かに君に負担が大きいが。俺にも、その子を守る責任はあるのだから」

それは二人で分かち合いたいと言う明臣に、沙保子は頷いた。

「……触れてもよいか？」

「まだ、動いてはいませんけれど。それでよろしいのでしたら」

沙保子が掛け布団を少しずらすと、明臣がそっと腹部に手を当てた。薄衣越しに触れられるのは恥ずかしいが、嬉しくもある。

「……まったくわからないな」

「ですから、そう申し上げましたのに」

「うん。だが、ここに子がいるというのは……不思議だな。嬉しくなってくる」

「嬉しく？」

「ああ。君が俺の子を宿している。そのことが嬉しいし、愛しい」

明臣は言葉を惜しまない。沙保子を愛しいと、大切だと言ってくれる。それが上辺だけのものでないことは、今の明臣の顔――幸せそのものの笑みを見れば、誰の目にも明らかだ。

「体を大切にするように。それから、俺の帰りは待たなくていいから、疲れる前にきちんと休むこと。食事も、食べられる時に食べればいい」

「はい」

くすくすと沙保子が笑うが、明臣はそれも気にならないらしく、あれやこれやと体調を優先するよう指示している。

「お義父さま、お義母さまには、いつお伝えすれば」

「折を見て俺から報告しておく。……いや、先に釘を刺さねば、毎日君の部屋に押しかけそうではあるな」

「わたくしはかまいませんけれど」

「かまう。腹の子に障るし、何より俺が不愉快だ」

「不愉快？」

「君と俺の子だ。父上達の子ではない」

「ですが、お義父さま達の孫ですのに」

「君は俺の妻で、この子の母だ。父上達の義娘《むすめ》というのは、その後でいい」

明臣は沙保子には優しいが、我儘でもある。可愛い無茶を言う夫に、沙保子は身を起こして寄り添った。

「はい。わたくしは、いつまでも明臣さまの妻です」

結婚した時には思いもしなかった幸せに包まれながら、沙保子は明臣に囁いた。

正月を過ぎた冬の日、沙保子は難産の末に、玉のような男児を産んだ。

後産を終えてぐったりしていた時、産湯《うぶゆ》を使った息子を抱いた明臣が言った言葉を、沙保子は一生忘れない。

「君は俺を殺す気か」

物騒な言葉だが、かなりの難産だった為だろう。沙保子の疲労は勿論だが、明臣もひどく憔悴していた。

「……無事でよかった」

ほあほあと泣く我が子を抱いたまま、明臣が心の底から絞り出すように呟いた。沙保子が明臣の涙を見たのは、その時だけだ。


そんなことを思い出しながら、最新の設備に改装された乳児室で息子――和臣《かずおみ》を抱いていると、明臣が顔を覗かせた。

「沙保子。和臣の機嫌はどうだ？」

「今日は少しもぐずらず、良い子にしております」

「そうか。……抱いてもいいか？」

「はい」

そっと伸ばされた明臣の腕に和臣を預けると、危なげない手つきで抱き上げる。首が据わったばかりの赤子だが、父と母の匂いは慣れ親しんでいる為か、落ち着くらしい。

「和紘が、やっと観念した」

「兄さまが？」

和紘は、沙保子の妊娠がわかった頃に、明臣の手によって九州の会社から連れ戻され、秋津貿易の平社員として働かされていた。いずれ沙保子は子育てで忙しくなるのだから、さっさと跡を継げと脅し続けて一年余。兄はとうとう抵抗をやめたらしい。

「三十までは好きにしたいと言っていたが。あと三年も放蕩させるわけにはいかぬだろう」

「明臣さまは、兄さまには厳しくていらっしゃる……」

「君が仕事に戻る時の為に、代表権は与えていない。あくまで君の代理だ」

「……本当に、兄さまには容赦がないのですね……」

嘆息した沙保子に、明臣は和臣をあやしながら反論する。

「あやつの放蕩のせいで、沙保子はしなくてもいい苦労をしただろう。その分を返せと言っただけだ」

「わたくしは、満足しておりました。それに……家の為、会社の為にと融資をお願いしなければ、明臣さまとお会いすることもなかったでしょうから」

「……それはまあ、そうだが」

「ですから、あまり兄を責めないでくださいませ」

沙保子が微笑むと、明臣は仕方なさそうに頷いた。その端麗な顔に、和臣が小さな手でぺたぺたと触れている。

「こら、父さまは玩具ではないぞ」

「あーう」

言葉にならない声を発してきゃっきゃと笑っている息子の戯れに、明臣は嬉しそうに付き合っている。二年前は思いもしなかった幸せな親子の姿に、沙保子も微笑んだ。

「ああ、言い忘れるところだった。雪子さまが、白妙《しらたえ》侯爵――ご夫君と共に英国に赴任なさるらしい」

「雪子さまが？」

「それで、出国前に君に会いたいとのことだ」

「よろしいのですか？」

「和臣は俺が見ているから大丈夫だ。次の日曜日、予定はないな？」

「はい」

「ついでに、秋津家にも顔を出しておくといい。和紘が今後もきちんと勤めるよう、釘を刺しておけ」

悪戯っぽく笑う明臣に、沙保子は笑顔で頷いた。

日曜日の午前中に実家で兄に会い、会社の今後をくれぐれもと頼み込んだ。その後、雪子の主催する茶話会に出席する為、白妙侯爵家を訪れた。

本館は和風建築だが、雪子と夫が住むのは別館の離れだという。通された先で、雪子に再会を喜ばれた。

「沙保子さま。シェイクスピア全集の次は、デュマのモンテ・クリスト伯をお願いしたいわ」

「かしこまりました。雪子さまは、フランス語もおできになるのですか？」

「いいえ、全然。でも英国に行くのだもの、英語は放っておいても上達するでしょうから、努力しないといけないフランス語を読んでみたいの」

向上心の塊のような言葉だ。溌剌として明るい雪子に、これが彼女本来の気質なのだろうと思うと、それを引き出した白妙侯爵に敬意を抱く。

「手配させます。装丁を誂えるのでしたら、お時間がかかりますから、英国のお住まいに届けることになりますが」

「かまわないわ。今度は白妙家の紋で作っていただきたいのだけれど」

「はい」

沙保子の答えに、雪子は嬉しそうだ。その笑顔を見ると、沙保子の胸に美緒の笑顔が去来する。もう思い出すべきではないのに、慕ってくれていた従妹との思い出は懐かしい。だが、そう思うことは明臣に申し訳が立たない。

「今日は夫はいないの。明日から神戸で会議なのですって。だから、沙保子さま、お夕食を一緒に摂ってくださる？」

誘いは嬉しいが、少し逡巡した。和臣はあまり手のかからない子だが、乳児の息子を置いて外食というのは気が引ける。

「駄目？」

「息子を残してきておりますので……」

「あ、そうね……沙保子さま、お子が生まれたのだものね」

「その節は、勿体ないお祝いをいただき、ありがとう存じます」

雪子は、上質な絹の産着や靴下を贈ってくれていた。それを思うと、誘いを断るのも申し訳ない気がする。

「夫に確認してもよろしいですか？」

「ええ」

そうして沙保子は白妙家の電話を借り、東院家に連絡した。明臣はあっさりと外食の許可をくれて、和臣は寝かしつけておくから、ゆっくりしてくるといいと言った。ここまで物わかりのいい人だっただろうかと、却って不安になる。

それを気のせいだと思い込むことにして、沙保子は雪子との夕食を楽しんだ。

あまり遅くならないようにと急いで帰宅すると、琴が出迎えてくれた。二階の自室に向かいながら、沙保子は琴に尋ねた。

「明臣さまと和臣はどうしていますか？」

「坊ちゃまはお休みになりました。若さまはお部屋に」

琴は沙保子の外套を脱がせ、丁寧に皺を取って、収納棚に片づける。それに礼を言い、沙保子は自分の部屋の隣にある乳児室を覗いた。薄暗い部屋の真ん中で和臣が眠っており、その近くで世話係の藤乃《ふじの》が見守っている。

「若奥さま」

振り返った藤乃に向け、そっと唇に指を当てる。心得た藤乃は音を立てないよう扉まで歩を進めた。

「半刻ほど前にお休みになりました。ミルクもたっぷりお飲みになって、おむずかりもなく」

「よかった。急に留守を長引かせてごめんなさいね」

「いえ、坊ちゃまのお世話が私の仕事ですから」

ふくふくとした藤乃は四十路を迎えており、子どもを五人育て上げている。和臣を託すに当たって、東院家全員で協議して迎えた守役だ。全幅の信頼を置いてはいるものの、やはり我が子の様子は気がかりだった。

「坊ちゃまは夜泣きもなさいませんし、大丈夫でございますよ」

「そう……あまりに聞き分けがよすぎて、逆に心配になってしまって」

「初めてのお子でございますものね。こればかりはお子次第ですから。次は、手のかかるお子かもしれませんよ」

にこにこと笑う藤乃に苦笑して、沙保子は後を任せた。守役任せとはいえ、我が子を自分の手元で育てられるのは幸せなことだと思わなくてはいけない。

浴室で湯浴みをし、自室で夜着に着替えて寝室に入る。仄かな明かりが灯されていて、寝台の上では明臣が何やら本を読んでいた。

「明臣さま」

「遅かったな。和臣の顔を見てきたのか？」

「はい。良い子にしていたと聞きましたが、心配で」

「君がいなくて少しぐずったが、俺が抱き上げたら機嫌を直したから大丈夫だ。俺と君が同時に離れると大変らしいが」

くすっと笑った明臣に近づいて、沙保子は彼の手から分厚い本を取り上げる。

「お目が悪くなります。明るくなさってから……」

「明るくしたら、君が困るだろう？」

そう言って、明臣が沙保子の腕を引いた。はずみで、本を床に落としてしまう。分厚い絨毯のおかげで、落下音はしなかった。

「明臣さま……」

困惑した沙保子に、明臣は熱を宿した視線を向けてくる。その瞳に欲を見て、沙保子は身を竦ませた。

「まだ、駄目か？　今日、子守をした褒美が欲しいが」

沙保子は、和臣を妊娠したことがわかってからずっと、閨事は避けていた。明臣も納得してくれたのだが、いつまでも拒む沙保子に焦《じ》れていたらしい。

「駄目……というわけでは……ただ」

「ただ？」

「母になったのに、……そのような行為に溺れてしまうのは」

「溺れればいい。俺も君に溺れている」

くいっと引き寄せられたかと思うと、明臣の胸元に抱き込まれていた。見上げようとした時、唇が塞がれる。

「……ん……っ」

久しぶりの口づけは、最初から官能の匂いがする。快楽を引き出そうとするように、明臣の舌が沙保子の口内を撫でた。

歯列をなぞり、頬の内側をつつかれる。ゆるりと口内で遊んだ舌が、今度は唇を舐めた。

「……っ」

濡れた舌で唇を愛撫されると、ぞくりと肌が震えた。触れるか触れないかの際どさが、尚更に快楽を深める。

「……そんな、蕩けた顔をして」

明臣の手が、沙保子の頬を包んだ。至近距離で見る明臣の顔は、いつもと同じく端麗で、常になく熱っぽい。

「口づけだけでこうなるのに、よく一年近くも君に触れずにいられたものだ。我ながら感心する」

再び唇を重ねながら、明臣は沙保子の帯を解いた。頼りなく揺れる胸元を開き、少し大きくなった乳房をやわやわと握る。

「湯の匂いがする」

沙保子の首筋に顔を埋め、そこに痕をつけて明臣が呟く。肌を舐められ、沙保子は細い悲鳴を上げた。

「それから、君の匂いも」

「……っ、石鹸《せっけん》……の、匂い、では……？」

「そうかもしれないが、君の匂いだ。甘くて、澄んでいて……俺を欲情させる」

既に欲に濡れた声で囁き、明臣は沙保子の体中に口づけた。淫猥に体を暴かれ、触れられ、口づけられる度、沙保子は嬌声を堪えることができなくなる。

両の乳房はいくつも痕が散らされ、先端は赤く色づいて濡れている。腹部にも薄紅の痕が残り、今はその下――蜜壺を嬲られていた。

「ん、っん……あ……っ」

「子を産んだのに、変わらずきついな」

つぷりと差し入れられた指が、浅い部分を擦りながら押す。媚肉がひくついて、もっと大きなものを欲しがっている。

「は……るおみ、さま……っ」

「まだだ。一年振りなのだから、きちんと解さねばな」

ねだるように揺れた腰を押さえつけ、明臣は沙保子の秘花を弄んだ。すっかり開かれた花を食べ、淫核を吸い上げたり指で円を描いて押し潰したり、感覚の違う刺激を与えてくる。何度も擦り上げられ、淫芽は朝露を含んだ花のように濡れて光っていた。

「あ、ん……、んぁ……っ……」

蜜壺の入り口付近を抽送していた指が、ぐいっと奥まで捻じ込まれた。ぐるりと回転させられると、得もいえぬ快感が沙保子の体を貫く。

「ひ、あ……あ……っ！」

ぴんと爪先まで張りつめた時、明臣が指を引き抜いた。

「もう達したのか」

「あ、……っ……」

とろとろと流れる蜜を明臣の指が掬い取り、隘路に戻すように押し込めてくる。ぬるりとした感触に、沙保子は全身を震わせた。

「覚えておけ、沙保子。この先、何人子を産もうと」

明臣が二本の指を差し込み、ぐりぐりと好い部分を擦った。喉を反らせて快感を堪える沙保子を見つめながら、言葉を継ぐ。

「君は俺の妻だ。俺の――俺だけのものだ」

「あ、あっ……！」

深い部分にある快感の点を抉るように動かされ、沙保子の胎内がきゅうっと締まる。明臣の指を締めつけ、もっと奥へと欲しがっている。

「一生、――次の世も、その次も。永劫、手離してなどやるものか」

深い執着を覗かせた明臣が、沙保子の秘部に唇を寄せた。ぐちゅぐちゅと隘路を抜き差ししながら、濡れそぼった淫核を吸い上げ、唇で挟む。

「あ……ん、あ……！」

沙保子は、意味を成さない嬌声を零すことしかできない。声を殺していたら、快感でおかしくなりそうだった。

沙保子の弱い部分を知り尽くした明臣が、そこばかり執拗に責める。気持ちよすぎて、何も考えられない。

「あ、明臣、さま、もう……はやく……っ」

はしたないとわかっているのに、これ以上耐えられない。沙保子は、浅ましく揺れる腰を何とか押さえつけ、明臣に懇願した。

「早く、何だ？」

「あ……っ」

「こんな明るい部屋で痴態を晒して。その上、浅ましく男をねだるようになるとは」

「ちが、明臣さま、明臣さまが、ほし……っ」

沙保子は男が欲しいのではない。明臣が欲しいのだ。

「浅ましい、沙保子がお嫌なら、打ち捨てて、くださ……っ」

「捨ててなどやらぬと言っている。君は、俺だけ見ていればいい」

噛みつくように口づけた明臣が、一気に沙保子を貫いた。硬く張りつめたモノが隘路を押し開きながら侵入してくる。無理矢理拡げられているのに、その乱暴さすら愛しかった。

「あ、ん、ん……っ、もっと……っ」

「言われずとも……っ、君の一番奥は、俺だけが知っていればいい」

ぎゅっと明臣の首に腕を絡ませ、抱きついた。二人の間で、沙保子の乳房が押し潰される。

そんな刺激すら、官能に繋がる。

「……っ、沙保、子」

しがみついた沙保子の体を抱き起こし、明臣は寝台の上で胡座《あぐら》になった。その上に座らされる形になり、沙保子は自分の重みで、今まで以上に深いところまで明臣に穿たれる。

「ん……っあ、あ……！」

夢中で互いの唇を貪り、明臣が腰を突き上げてくる。それに合わせるように沙保子も腰を動かして快楽を追った。

「ん、はるおみ、さま、はるおみさま……っ」

口づけの合間に、沙保子は何度も明臣を呼ぶ。その度、胎内の明臣が大きくなり、硬さを増していく。

「沙保子……っ」

名を呼ばれると、沙保子の中が蕩けていく。やわらかくなった膣が、明臣に吸いつき、絞り上げた。

「君が愛おしい」

「わた、くし、も……、お慕い、して……っ」

本能が剥き出しになった時に告げ合う言葉に、偽りはなかった。明臣の手が乳房を掴み、持ち上げながら揉みしだく。激しく突き上げられては落とされる動きに、どんどん繋がりが深くなっていた。

「明臣、さま……っ」

ぎゅっと抱き締めながら口づけ合い、舌を絡める。明臣を受け入れている蜜壺は限界まで拡げられ、その中が淫らに蠢いているのが自分でもわかった。

「あ、あ……っ」

「ああ、また締まった。可愛いな、君は」

明臣に口づけられると、無意識にきゅっと締めつけてしまう。そんな沙保子の反応を覚えたらしい明臣が、沙保子の唇だけでなく、胸元にも緋を散らした。

「ここを触っても、きつくなる」

くりくりと乳首を捏ねられ、沙保子は明臣を強く抱き締めた。結果、胸に彼の顔を埋める仕種になってしまって、更に好き放題嬲られる。

「肌すらも変わるものか」

「え……？」

「初めての時から美しい肌だったが。……今は、俺を誘うように艶やかだ」

「そん、な……っ」

「君の全部が、俺には淫りがわしい」

髪の一筋すら誘っていると囁いて、明臣は沙保子の髪に口づけた。その動きに、沙保子の快感が刺激される。

「ん、……っ」

「髪も感じるのか？　なら、ここも？」

つうっとうなじを撫でられ、沙保子はこくこくと頷いた。明臣の指、唇、舌が触れる場所、すべてが快感だった。

「いやらしい体になったな、沙保子」

「はる、明臣さまが、そう、なさったの……！」

「そうだ。君は、俺にだけ淫らで、俺にだけ反応していればいい。他の何も、君に触れることは許さない」

傲慢に言って、明臣が乱暴に腰を突き上げた。その律動が速く鋭くなって、沙保子を追い上げていく。

「あ……っ、もう、もう……っ」

「ああ。そのまま感じていろ」

がくがくと震え始めた沙保子の腰を抱え、明臣が激しく抽送する。抜かれ、落とされ、また穿たれる。予測できない動き方に、沙保子は随喜の涙を零して感じ入った。

「あ、あ……っん、あ……！」

子宮の入り口を突き上げられた時、目の前が真っ白になった。その瞬間の嬌声を、明臣が口づけで受け止めた。

「ん、ん――！」

自分の中の明臣をぎゅうっと締めつけ、共に絶頂に導こうと蠕動している。絞り上げるような動きに、明臣が息を殺した。

深く口づけ合った時、胎内に精が注がれる。腹部の奥で脈打つ明臣が、どくどくと精を放っていた。

「ん……」

「……沙保子」

とろんとした沙保子の眦に口づけ、明臣が優しい口調で言った。

「……足りない」

――その日、沙保子は体力の限界に挑戦することになった。


翌年、沙保子は女の子を出産した。緋沙子《ひさこ》と名づけられた娘は、兄の和臣と共に東院家で明臣と沙保子、そして祖父母に溺愛されて育ち、先日三歳の誕生日を迎えた。

「沙保子」

和臣と緋沙子を寝かしつけていた沙保子に、明臣が声をかける。今日は、結婚記念日――二人だけで出かける日だ。

「支度はできたか？」

「はい、琴さんが調えてくれました。ですが、このように大きな荷物とは……今日は、どちらへ？」

「日本橋だ。美術館が完成した」

数年前、明臣が話していた、逸失した美術品を集めた蒐集館《しゅうしゅうかん》。そこが正式に開館する前に、連れていってくれるという。

「その後は、皇国ホテルでお夕食を摂って帰宅ですか？」

定番になっている予定を推理してみせると、明臣は真顔で首を横に振った。

「いや。今日は泊まる」

「え」

「正確には、今日から泊まる。世界情勢が不安定だからな。落ち着くまで待っていては、旅行にも行けぬ」

明臣が何を言っているのかわからなくて、沙保子は目を瞬かせた。

「……新婚旅行なるものに、連れていっていないからな。視察を兼ねたものですまないが、由《ゆ》布《ふ》院《いん》に宿を取っている」

「あ、あの、子ども達は」

「父上と母上が、どうしても孫と遊びたいそうだ。親孝行しろと言われた」

義父母の意向となれば、嫁である沙保子は逆らえない。それでも戸惑っていると、明臣が拗ねたようにそっぽを向いた。

「……緋沙子が生まれてから、君は俺をぞんざいに扱いすぎる」

「そのような……こと……は」

「ないと、断言できぬだろう」

「……はい」

ぞんざいにしたつもりはないが、子ども達を優先していたのは事実である。

「俺とて、我が子に嫉妬したくはない。だから、旅行の間だけでも、俺の相手をしてくれ」

それで我慢すると言う明臣に、沙保子はつい笑ってしまう。むっとした明臣に、沙保子は笑みを抑えられない。

「気をつけていないと、わたくしは明臣さまだけに溺れてしまいますから」

「……溺れていいと言ったはずだが」

「そのような母親にはなりたくありません」

明臣が愛しいように、子ども達も可愛い。どちらも選べない。

「いつか、あの子達がわたくし達の手を離れたら」

そんな日は、それほど遠いことではない。

「明臣さまのことだけ考えて、鬱陶しいと言われてもお傍におります」

「俺が、君を鬱陶しがることはない。君の方が」

「わたくしの方が？」

「……嫌だろう、こんな悋気の強い夫は」

ぷいっと顔を背ける明臣は——愛しいを通り越して可愛い。

「子は、ただただ愛しいものですけれど」

沙保子は、明臣の腕を取った。その手を、そっと自分の胸に当てる。

「明臣さまは、愛しくて恋しくて——お可愛らしくて。わたくしのすべてです」

わたくしはずっと、あなたのものです。

そう囁くと、明臣は「俺もだ」と微笑み、沙保子に口づけた。

——東院財閥は、数年後の世界大戦やそれに続く苦難もすべて切り抜けた。明臣と沙保子は、現代に続く東院家の中興の祖として語り継がれている。

あとがき

こんにちは。神城《かみしろ》葵《あおい》と申します。初めましての方も、お久しぶりの方も、この本を手に取っていただきありがとうございました。

こちらは大正時代を舞台にした作品ですが、あまりにも説明的なものになりそうだった為、ふんわりとした雰囲気を目指しました。大正時代にお詳しい方には、ゆるく見逃していただけたら幸いです。

時代を決めた後、やはり政略結婚だろうということで定番の成り上がりヒーロー×没落ヒロインにしました。

色々なものをお金で手に入れてきた明臣が、結婚すら割り切っていたのに、思いがけず沙保子に本気で恋してしまった戸惑いと、女性であるがゆえに否定されてきた沙保子が、結婚を契機に理解され認められることの戸惑い。二つの「戸惑い」をテーマにしましたが、書いている時は「いい加減甘い雰囲気になってくれないかな、この二人……っ」と思っていました。両片想いは大好きなのですが、恋心を拗らせている明臣と自己評価の低い沙保子は、本当に動こうとしてくれませんでした……両想いになるシーンをかなり終盤まで引っ張ってしまって申し訳ありません。

二人の恋愛を邪魔する人は出したくなかったので、美緒には道化役になってもらいました。思春期の女の子って特有の潔癖さがありますよね（偏見）。

最後に御礼を。

素敵なイラストで飾ってくださった園《その》見《み》亜《あ》季《き》先生。いかにも御曹司といった明臣の少し着崩したスーツ姿と、華奢な沙保子との対比が素晴らしいです、ありがとうございます。

担当編集さま及び編集部さまには、随分と我儘を聞いていただき、感謝に堪えません。

この本を手に取ってくださった読者さま。拙い作品ですが、ひと時の楽しみにしていただけたらとても嬉しいです。

それから、制作に関わってくださった皆さまに、心から感謝申し上げます。

またお会いできることを祈りつつ、あとがきとさせていただきます。

ルネッタ🄻ブックス

男装の令嬢は極上の蜜に溺れて

怜悧な財閥御曹司に身分を買われました

2024年1月25日　第１刷発行 定価はカバーに表示してあります

著　者　神城 葵　©AOI KAMISHIRO
発行人　鈴木幸辰
発行所　株式会社ハーパーコリンズ・ジャパン
東京都千代田区大手町 1-5-1
04-2951-2000（注文）
0570-008091　（読者サービス係）

印刷・製本　中央精版印刷株式会社

ISBN978-4-596-53381-4